Mathias M. Gerend

Manuale Sacerdotum Ad Altare

Quo continentur preces in functionibus liturgicis quae ad altare

peraguntur recitandae

Mathias M. Gerend

Manuale Sacerdotum Ad Altare
Quo continentur preces in functionibus liturgicis quae ad altare peraguntur recitandae

ISBN/EAN: 9783337410308

Printed in Europe, USA, Canada, Australia, Japan

Cover: Foto ©Andreas Hilbeck / pixelio.de

More available books at **www.hansebooks.com**

MANUALE S

ad A

quo continentur preces in
ad altare peragu

Compilavit et Usui Cleri A

MATHIAS M.

Sacerdos Archidioceseo

MILWAUCHIÆ
APUD HOFFMANN FR
Typographos S. Sedis Apostolicæ.

Imprimatur.

Milwauchiæ, Die 8. Aprilis A. D. 1889.

✚ MICHAEL, Archiepiscopus Milwauchiensis.

PRAEFATIO.

HOC libello ea omnia sub uno quasi conspectu posita inveniuntur, quæ sacerdotibus *ad altare* ministrantibus vel in sacramentis administrandis vel in aliis functionibus liturgicis peragenda vel recitanda sunt. Haud parum enim adiumenti et commoditatis accessurum esse existimavimus sacrorum ministris, si in præfatis functionibus ea omnia uno libello disposita præsto habeant, quæ in missali et rituali separatim exhibentur. Quid plura? Speramus enim libellum hunc ipso usu commendatum pergratum fore confratibus nostris, illis imprimis quorum rogatu permoti et consiliis adiuti eum prælo committere animum induximus.

M. M. G.

PRÆPARATIO AD MISSAM

PRO OPPORTUNITATE SACERDOTIS FACIENDA.

Ant. Ne reminiscáris, Dómine, delicta nostra, vel paréntum nostrórum : neque vindíctam sumas de peccátis nostris.

Quæ Antiphona in Festis duplicibus tantum duplicatur ; temp. pasch. additur in fine **Allelúja.**

Deinde dicuntur sequ. Psalmi : et in fine cujuslibet dicitur **Glória Patri.**

Psalmus 83.

uam dilécta tabernácula tua, Dómine virtútum ! * Concupiscit, et déficit ánima mea in átria Dómini.

Cor meum et caro mea * exsultavérunt in Deum vivum.

Etenim passer invénit sibi domum : * et turtur nidum sibi, ubi ponat pullos suos.

Altária tua, Dómine virtútum : * Rex meus, et Deus meus.

Beáti, qui hábitant in domo tua, Dómine : * in sæcula sæculórum laudábunt te.

Beátus vir, cujus est auxilium abs te : * adscensiónes in corde suo dispósuit, in valle lacrimárum, in loco quem pósuit.

Etenim benedictiónem dabit legislátor, ibunt de virtúte in virtútem : * vidébitur Deus deórum in Sion.

Dómine Deus virtútum, exaúdi oratiónem meam : * aúribus pércipe, Deus Jacob.

Protéctor noster, ádspice, Deus : * et réspice in fáciem Christi tui.

Quia mélior est dies una in átriis tuis * super míllia.

Elégi abjéctus esse in domo Dei mei, * magis quam habitáre in tabernáculis peccatórum.

Quia misericórdiam et veritátem diligit Deus : * grátiam, et glóriam dabit Dóminus.

Non privábit bonis eos, qui ámbulant in innocéntia : * Dómine virtútum, beátus homo qui sperat in te.

Psalmus 84.

Benedixísti, Dómine, terram tuam : * avertísti captivitátem Jacob.

Remisísti iniquitátem plebis tuæ : *

operuísti ómnia peccáta eórum.

Mitigásti omnem iram tuam : * avertísti ab ira indignatiónis tuæ.

Convérte nos, Deus salutáris noster : * et avérte iram tuam a nobis.

Numquid in ætérnum irascéris nobis ? * aut exténdes iram tuam a generatióne in generatiónem ?

Deus, tu convérsus vivificábis nos : * et plebs tua lætábitur in te.

Osténde nobis, Dómine, misericórdiam tuam : * et salutáre tuum da nobis.

Aúdiam quid loquátur in me Dóminus Deus : * quóniam loquétur pacem in plebem suam:

Et super sanctos suos, * et in eos, qui convertúntur ad cor.

Verúmtamen prope timéntes eum salutáre ipsíus, * ut inhábitet glória in terra nostra.

Misericórdia, et véritas obviavérunt sibi : * justitia et pax osculátæ sunt.

Véritas de terra orta est : * et justítia de cœlo prospéxit.

Étenim Dóminus dabit benignitátem: * et terra nostra dabit fructum suum.

Justítia ante eum ambulábit: * et ponet in via gressus suos.

Psalmus 85.

Inclína, Dómine, aurem tuam, et exaudi me: * quóniam inops et pauper sum ego.

Custódi ánimam meam, quóniam sanctus sum: * salvum fac servum tuum, Deus meus, sperántem in te.

Miserére mei, Dómine, quóniam ad te clamávi tota die: * lætífica ánimam servi tui, quóniam ad te, Dómine, ánimam meam levávi.

Quóniam tu, Dómine, suávis et mitis, * et multæ misericórdiæ ómnibus invocántibus te.

Áuribus pércipe, Dómine, oratiónem meam: * et inténde voci deprecatiónis meæ.

In die tribulatiónis meæ clamávi ad te: * quia exaudísti me.

Non est símilis tui in diis, Dómine: * et non est secúndum ópera tua.

Omnes gentes, quascúmque fecísti, vénient, et adorábunt coram te, Dómine: * et glorificábunt nomen tuum.

Quóniam magnus es tu, et fáciens mirabília: * tu es Deus solus.

Deduc me, Dómine, in via tua, et ingrédiar in veritáte tua: * lætétur cor meum, ut tímeat nomen tuum.

Confitébor tibi, Dómine Deus meus, in toto corde meo, * et glorificábo nomen tuum in ætérnum.

Quia misericórdia tua magna est super me: * et eruísti ánimam meam ex inférno inferióri.

Deus, iníqui insurrexérunt super me, et synagóga poténtium quæsiérunt ánimam meam: * et non proposuérunt te in conspéctu suo.

Et tu, Dómine Deus, miserátor et miséricors, * pátiens, et multæ misericórdiæ, et verax.

Réspice in me, et miserére mei: * da impérium tuum púero tuo, et salvum fac fílium ancíllæ tuæ.

Fac mecum signum in bonum, ut vídeant, qui odérunt me, et confundántur: * quóniam tu, Dómine, adjuvísti me, et consolátus es me.

Psalmus 115.

Crédidi, propter quod locútus sum: * ego autem humiliátus sum nimis.

Ego dixi in excéssu meo: * Omnis homo mendax.

Quid retríbuam Dómino * pro ómnibus, quæ retríbuit mihi?

Cálicem salutáris

accípiam, * et nomen Dómini invocábo.

Vota mea Dómino reddam coram omni pópulo ejus: * pretiósa in conspéctu Dómini mors sanctórum ejus.

O Dómine, quia ego servus tuus: * ego servus tuus, et fílius ancíllæ tuæ.

Dirupísti víncula mea: * tibi sacrificábo hóstiam laudis, et nomen Dómini invocábo.

Vota mea Dómino reddam in conspéctu omnis pópuli ejus: * in átriis domus Dñi, in médio tui, Jerúsalem.

Psalmus 129.

De profúndis clamávi ad te, Dómine: * Dómine, exaúdi vocem meam.

Fiant aures tuæ inténdéntes * in vocem deprecatiónis meæ.

Si iniquitátes observáveris, Dómine: * Dómine, quis sustinébit?

Quia apud te propitiátio est: * et propter

legem tuam sustínui te, Dómine.

Sustínuit ánima mea in verbo ejus: * sperávit ánima mea in Dómino.

A custódia matutína usque ad noctem: * speret Israël in Dómino.

Quia apud Dóminum misericórdia: * et copiósa apud eum redémptio.

Et ipse rédimet Israël: * ex ómnibus iniquitátibus ejus.

Ant. Ne reminiscáris, Dómine, delícta nostra, vel paréntum nostrórum: neque vindíctam sumas de peccátis nostris. (tempore pasch. Allelúja.)

Postea Sacerdos dicit:

Kýrie, eléison. Christe, eléison. Kýrie, eléison.

Pater noster.

℣. Et ne nos indúcas in tentatiónem. ℟. Sed líbera nos a malo.

℣. Ego dixi, Dómine, miserére mei. ℟. Sana ánimam meam, quia peccávi tibi.

℣. Convértere, Dómine, aliquántulum. ℟. Et deprecáre super servos tuos.

℣. Fiat misericórdia tua, Dómine, super nos. ℟. Quemádmodum sperávimus in te.

℣. Sacerdótes tui induántur justítiam. ℟. Et sancti tui exsúltent.

℣. Ab occúltis meis munda me, Dómine. ℟. Et ab aliénis parce servo tuo.

℣. Dómine, exaúdi oratiónem meam. ℟. Et clamor meus ad te véniat.

℣. Dóminus vobíscum. ℟. Et cum spíritu tuo.

Orémus.

Aures tuæ pietátis, mitíssime Deus, inclína précibus nostris, et grátia sancti Spíritus illúmina cor nostrum: ut tuis mystériis digne ministráre, teque ætérna caritáte dilígere mereámur.

Deus, cui omne cor patet, et omnis volúntas lóquitur, et quem nullum latet secrétum: purífica per infusiónem sancti Spíritus cogitatiónes cordis nostri, ut te perfécte dilígere, et digne laudáre mereámur.

Ure igne sancti Spíritus renes nostros, et cor nostrum, Dómine: ut tibi casto córpore serviámus, et mundo corde placeámus.

Mentes nostras, quæsumus, Dómine, Paráclitus, qui a te procédit, illúminet: et indúcat in omnem, sicut tuus promísit Fílius, veritátem.

Adsit nobis, quæsumus, Dómine, virtus Spíritus sancti: quæ et corda nostra cleménter expúrget, et ab ómnibus tueátur advérsis.

Deus, qui corda fidélium sancti Spíritus illustratióne docuísti: da nobis in eódem Spíritu recta sápere, et de ejus semper consolatióne gaudére.

Consciéntias nostras, quæsumus, Dómine, visitándo purífica: ut véniens Dóminus noster Jesus Christus Fílius tuus, parátam sibi in nobis invéniat mansiónem: Qui tecum vivit et regnat in unitáte Spíritus.

ORATIONES

pro opportunitate Sacerdotis ante celebrationem, et communionem dicendæ.

Oratio ante Missam.

Pater cœléstis, clementíssime Dómine, Pater misericordiárum: súscipe hódie

per manus servi tui hoc sacrosánctum sacrifícium, verum Corpus, et Sánguinem unigéniti Fílii tui, Dómini nostri Jesu Christi, in satisfactiónem et remissiónem ómnium peccatórum meórum, in salútem et fortitúdinem ánimæ meæ, et totíus domus meæ, et ómnium illórum, quibus áliqua obligatióne téneor: et ómnium Dominórum, Prælatórum, Prædicatórum, Sacerdótum, et Religiosórum cathólicæ fídei, ut eis grátiam Spíritus sancti impertíri dignéris ad salútem animárum suárum, et régimen totíus pópuli christiáni, et ómnium peccatórum hujus mundi, ut eos convértas, et ducas ad viam salútis : in consolatiónem ómnium tribulatórum, ut eis adjutórium, et veram patiéntiam tríbuas: in refrigérium et liberatiónem ómnium animárum exsisténtium in purgatório, et máxime illárum, quæ auxílium a me jure exspéctant: et ad illuminatiónem, et conversiónem ómni-

um géntium infidélium, et hæreticórum, et schismaticórum, u t cognóscant, et ament te summam veritátem, Patrem omnipoténtem, qui cum Fílio, et Spíritu sancto es laudábilis Deus, benedíctus in sǽcula sæculórum. Amen.

Alia Oratio ante Missam.

Deus, qui de indígnis dignos facis, et de peccatóribus justos, et de immúndis mundos: munda cor, et corpus meum ab omni contagióne et sorde peccáti, et fac me dignum, atque strénuum sanctis altáribus tuis minístrum: concéde propítius, ut in hoc altári, ad quod indígnus accédo, hóstias acceptábiles, atque placábiles ófferam pietáti tuæ pro peccátis, et offensiónibus, innumerísque, et quotidiánis excéssibus meis, atque cunctórum simul christianórum culpis abluéndis, et per eum sit tibi votum meum acceptábile, qui se tibi Deo Patri pro nobis óbtulit sacrifícium: Qui tecum vivit et reg-nat in unitáte Spíritus sancti Deus, per ómnia sæcula sæculórum. Amen.

Oratio S. Ambrosii Episcopi.

Die Dominica.

Summe Sacérdos et vere Póntifex, Jesu Christe, qui te obtulísti Deo Patri hóstiam puram et immaculátam in ara crucis pro nobis míseris peccatoribus, et qui dedísti nobis Carnem tuam ad manducándum, et Sánguinem tuum ad bibéndum, et posuísti mystérium istud in virtúte Spíritus sancti tui, dicens: Hæc quotiescúmque fecéritis, in mei memóriam faciétis: rogo per eúmdem Sánguinem tuum, magnum salútis nostræ prétium; rogo per hanc miram et ineffábilem caritátem, qua nos míseros et indígnos sic amáre dignátus es, ut laváres nos a peccátis nostris in Sánguine tuo; doce me servum tuum indígnum, quem inter cétera dona tua étiam ad offícium sacerdotále vocáre dignátus es, nullis meis méritis, sed sola dignatióne misericórdiæ tuæ; doce me, quæso, per Spíritum sanctum tuum, tantum tractáre mystérium ea reveréntia et honóre, ea devotióne et timóre, quibus opórtet, et decet. Fac me per grátiam tuam semper illud de tanto mystério crédere et intelligere, sentíre et fírmiter tenére, dícere et cogitáre, quod tibi placet, et éxpedit ánimæ meæ. Intret Spíritus tuus bonus in cor meum, qui sonet ibi sine sono, et sine strépitu verbórum loquátur omnem veritátem. Profúnda quippe sunt nimis, et sacro tecta velámine. Propter magnam cleméntiam tuam concéde mihi Missárum solémnia mundo corde, et pura mente celebráre. Líbera cor meum ab immúndis et nefándis, vanis et nóxiis cogitatiónibus. Muni me beatórum Angelórum pia et fida custódia, ac tutéla fortíssima, ut hostes ómnium bonórum confúsi discédant. Per virtútem tanti mystérii, et per manum sancti Angeli tui repélle a me, et a cunctis servis tuis duríssimum spíritum supérbiæ et cenodóxiæ, invídiæ et blasphémiæ, fornicatiónis et immundítiæ, dubietátis et diffidéntiæ. Confundántur, qui nos persequúntur, péreant illi, qui nos pérdere festínant.

Feria Secunda.

ex vírginum, et amátor castitátis, et integritátis, cœlésti rore benedictiónis tuæ exstíngue in córpore meo fómitem ardéntis libídinis, ut máneat in me tenor castitátis córporis et ánimæ. Mortífica in membris meis carnis stímulos, omnésque libidinósas commotiónes, et da mihi veram et perpétuam castitátem cum céteris donis tuis, quæ tibi placent in veritáte: ut sacrifícium laudis casto córpore, et mundo corde váleam tibi offérre. Quanta enim cordis contritióne, et lacrimárum fonte, quanta reveréntia et tremóre, quanta córporis castitáte, et ánimæ puritáte istud divínum et cœléste sacrifícium est celebrándum, ubi Caro tua in veritáte súmitur, ubi Sanguis tuus in veritáte bíbitur, ubi ima summis, terréna divínis jungúntur, ubi adest sanctórum Angelórum præséntia, ubi tu es sacrifícium et sacérdos mirabíliter et ineffabíliter constitútus.

Feria Tertia.

Quis digne hoc sacrifícium celebráre póterit, nisi tu, Deus omnípotens, offeréntem féceris dignum? Scio, Dómine, et vere scio, et idípsum pietáti tuæ confíteor, quia non sum dignus accédere ad tantum mystérium propter nímia peccáta mea, et infínitas negligéntias meas. Sed scio, et veráciter ex toto corde meo credo, et ore confíteor, quia tu potes me fácere dignum, qui solus potes fácere mundum de immúndo concéptum sémine, et de peccatóribus justos et sanctos. Per hanc omnipoténtiam tuam te rogo, Deus meus, ut concédas mihi peccatóri hoc sacrifícium celebráre cum timóre et tremóre, cum cordis puritáte et lacrimárum fonte, cum lætítia spiritáli et cœlésti gaúdio.

Séntiat mens mea dulcédinem beatíssimæ præséntiæ tuæ, et excúbias sanctórum Angelórum tuórum in circúitu meo.

Feria Quarta.

Ego enim, Dómine, memor venerándæ passiónis tuæ, accédo ad altáre tuum, licet peccátor, ut ófferam tibi sacrifícium, quod tu instituísti et offérri præcepísti in commemoratiónem tui, pro salúte nostra. Súscipe illud, quæso, summe D e u s, pro Ecclésia sancta tua, et pro pópulo, quem acquisísti sánguine tuo. Et quóniam me peccatórem inter te, et eúmdem pópulum tuum médium esse voluísti, licet in me áliquod boni óperis testimónium non agnóscas, offícium saltem dispensatiónis créditæ non recúses, nec per me indígnum eórum salútis péreat prétium, pro quibus víctima salutáris dignátus es esse et redémptio. Prófero étiam, Dómine, (si dignéris propítius intuéri) tribulatiónes plébium, perícula populórum, captivórum gémitus, miserias orphanórum, necessitátes peregrinórum, inópiam debílium, desperatiónes languéntium, deféctus senum, suspíria júvenum, vota vírginum, laménta viduárum.

Feria Quinta.

Tu enim miseréris ómnium, Dómine: et nihil odísti eórum, quæ fecísti. Memoráre quæ sit nostra substántia: quia tu Pater noster es, quia tu Deus noster es: ne irascáris satis, neque multitúdinem víscerum tuórum super nos contíneas. Non enim in justificatiónibus nostris prostérnimus preces ante fáciem tuam, sed in miseratiónibus tuis multis. Aufer a nobis iniquitátes nostras, et ignem sancti Spíritus in nobis cleménter accénde. Aufer cor lapídeum de carne nostra, et da nobis cor cárneum, quod te amet, te díligat, te delectétur, te sequátur, te perfruátur. Orámus, Dómine, cleméntiam tuam, ut seréno vultu famíliam tuam, sacri tui nóminis offícia præstolántem, adspícere dignéris; et ut nullíus sit írritum votum, nullíus vácua postulátio, tu nobis preces súggere, quas ipse propítius audíre, et exaudíre delectéris.

Feria Sexta.

Rogámus étiam te, Dómine sancte Pater, et pro spirítibus fidélium defunctórum, ut sit illis salus, sánitas, gaúdium, et refrigérium, hoc magnum pietátis sacraméntum. Dómine Deus meus, sit illis hódie magnum et plenum convívium de te pane vivo, qui de cœlo descendísti, et das vitam mundo de tua carne sancta et benedícta, Agni vidélicet immaculáti, qui tollit peccáta mundi, quæ de sancto et glorióso beátæ Vírginis Maríæ útero est assúmpta, et de Spíritu sancto concépta: ac de illo pietátis fonte, qui per lánceam mílitis ex tuo sacratíssimo látere emanávit: ut exínde refécti et satiáti, refrigeráti et consoláti exsúltent in laude et glória tua. Peto cleméntiam tuam, Dómine, ut descéndat super panem tibi sacrificándum plenitúdo tuæ benedictiónis, et sanctificátio tuæ divinitatis. Descéndat étiam, Dómine, illa sancti Spíritus tui invisíbilis incomprehensibilísque majéstas, sicut quondam in patrum hóstias descendébat: qui et oblatiónes nostras Corpus et Sánguinem tuum effíciat, et me indígnum sacerdótem dóceat tantum tractáre mystérium cum cordis puritáte, et lacrimárum devotióne, cum reveréntia et tremóre, ita ut plácide ac benígne suscípias sacrifícium de mánibus meis ad salútem ómnium tam vivórum, quam defunctórum.

Sabbato.

Rogo étiam te, Dómine, per ipsum sacrosánctum mystérium Córporis et Sánguinis tui, quo quotídie in Ecclésia tua páscimur et potámur, ablúimur et sanctificámur, atque uníus summæ Divinitátis partícipes effícimur: da mihi virtútes tuas sanctas, quibus replétus, bona consciéntia ad altáre tuum accédam, ita ut hæc cœléstia sacraménta efficiántur mihi salus, et vita. Tu enim dixísti ore tuo sancto et benedícto: Panis, quem ego dabo, caro mea est pro mundi vita: Ego sum panis vivus, qui de cœlo descéndi: Si quis manducáverit ex hoc pane, vivet in ætérnum. Panis dulcíssime, sana palátum cordis mei, ut séntiam suavitátem amóris tui. Sana illud ab omni languóre, ut nullam præter te séntiam dulcédinem. Panis candidíssime, habens omne delectaméntum, et omnem sapórem, qui nos semper réficis, et numquam in te déficis: cómedat te cor meum, et dulcédine sapóris tui repleántur víscera ánimæ meæ. Mandúcat te Angelus ore pleno: mandúcet te peregrínus homo pro módulo suo, ne defícere possit in via, tali recreátus viático. Panis sancte, panis vive, panis munde, qui descendísti de cœlo, et das vitam mundo, veni in cor meum, et munda me ab omni inquinaménto carnis et spíritus. Intra in ánimam meam, sana et munda me intérius et extérius. Esto tutámen, et continua salus ánimæ et córporis mei. Repélle a me insidiántes mihi hostes: recédant procul a præséntia poténtiæ tuæ, ut foris, et intus per te munítus recto trámite ad tuum regnum pervéniam: ubi non in mystériis, sicut in hoc témpore ágitur, sed fácie ad fáciem te vidébimus, cum tradíderis regnum Deo et Patri, et eris Deus ómnia in ómnibus. Tunc enim me de te satiábis satietáte mirífica, ita ut nec esúriam, nec sítiam in æternum: Qui cum eódem Deo Patre, et Spíritu sancto vivis, et regnas per ómnia sǽcula sæculórum. Amen.

Alia Oratio ante Missam.

Ad mensam dulcíssimi convívii tui, pie Dómine Jesu Christe, ego peccátor de própriis méritis nihil præsúmens, sed de tua confídens misericórdia et bonitáte, accédere véreor et contremísco. Nam cor et corpus hábeo multis crimínibus maculátum, mentem e t linguam non caute custodítam. Ergo, o pia Déitas, o treménda Majéstas, ego miser inter angústias deprehénsus, ad te fontem misericódiæ recúrro, ad te festíno sanándus, sub tuam protectiónem f ú g i o : et quem júdicem sustinére néqueo, salvatórem habére suspíro. Tibi, Dómine, plagas meas osténde : t i b i verecúndiam m e a m détego. Scio peccáta mea multa et magna, pro quibus tímeo. Spero in misericórdias tuas, quarum non est númerus. Réspice ergo in me óculis misericórdiæ tuæ, Dómine Jesu Christe, R e x aetérne, Deus et homo, crucifíxus p r o p t e r hóminem : exaúdi me sperántem in te: miserére mei pleni miséríis et peccátis, tu qui fontem misera-

tiónis numquam manáre cessábis. Salve, salutáris víctima, pro me et omni humáno génere in patíbulo crucis obláta. Salve, nóbilis et pretióse sanguis de vulnéribus crucifíxi Dómini mei Jesu Christi prófluens, et peccáta totíus mundi ábluens. Recordáre, Dómine, creatúræ tuæ, quam tuo sánguine redemísti. Pœnitet me peccásse, cúpio emendáre quod feci. Aufer ergo a me, clementíssime Pater, omnes iniquitátes et peccáta mea : ut purificátus mente et córpore, digne degustáre mérear sancta sanctórum: et concéde, ut hæc sancta prælibátio Córporis et Sánguinis tui, quam ego indígnus súmere inténdo, sit peccatórum meórum remíssio, sit delictórum perfécta purgátio, sit túrpium cogitatiónum effugátio, ac bonórum sénsuum regenerátio, operúmque tibi placéntium salúbris efficácia, ánimæ quoque et córporis contra inimicórum meórum insídias firmíssima tuítio. Amen.

Oratio S. Thomæ Aquinatis.

Omnipotens sempitérne Deus, ecce accédo ad sacramén tum unigéniti Fílii tui Dómini nostri Jesu Christi: accédo tamquam infírmus ad médicum vitæ, immúndus ad fontem misericórdiæ, cæcus ad lumen claritátis ætérnæ, pauper et egénus ad Dóminum cœli et terræ. Rogo ergo imménsæ largitátis tuæ abundántiam, quátenus meam curáre dignéris infirmitátem, laváre fœditátem, illumináre cæcitátem, ditáre paupertátem, vestíre nuditátem: ut panem Angelórum, Regem regum, et Dóminum domimántium tanta suscípiam reveréntia et humilitáte, tanta contritióne et devotióne, tanta

puritáte et fide, tali propósito et intentióne, sicut éxpedit salúti ánimæ meæ. Da mihi, quæso, Domínici córporis et sánguinis non solum suscípere sacraméntum, sed étiam rem et virtútem sacraménti. O mitissime Deus, da mihi corpus unigéniti Fílii tui Dómini nostri Jesu Christi, quod traxit de Vírgine María, sic suscípere, ut córpori suo mýstico mérear incorporári, et inter ejus membra connumerári. O amantíssime Pater, concéde mihi diléctum Fílium tuum, quem nunc velátum in via suscípere propóno, reveláta tandem fácie perpétuo contemplári : Qui tecum vivit, et regnat in unitáte Spiritus sancti Deus, etc.

Commemoratio Passionis Christi.

Memória memor ero, clementíssime Pater, et tabéscet in me ánima mea, omniúmque dolórum et passiónum, atque acerbíssimæ mortis Fílii tui Dómini mei J e s u Christi cum gemítibus at lácrimis recordábor, quia ipse salus et vita mea ante óculos tuos pepéndit in ligno, ófferens se tibi in holocaústum pro mea et. totíus mundi salúte Hanc autem oblatiónem vivam, quam tu misísti in miseratióne multa ad altáre crucis immolándam pro nobis, hanc eámdem tibi nunc óffero, passiónem ejus et mortem récolens ac repræséntans: sicut ipse præcépit, cum dixit, ut idem in ejus commemoratiónem facerémus. Recordáre ítaque humilitátis ejus, patiéntiæ, caritátis, mansuetúdinis, et obediéntiæ. Réspice labóres ejus, jejúnia, contémptus, contumélias, vincula, irrisiónes, et iníquam condemnatiónem. Réspice in fáciem Christi tui, et intuére speciósum forma præ fíliis hóminum, oppróbriis, injúriis, verbéribus, livóribus, contusiónibus ita deformátum, ut non sit ei spécies, neque decor. Vide caput nobilíssimum spinárum punctiónibus transfóssum, et percussiónibus a t t r í t u m. Vide genas modestíssimas sputis fœdátas, álapis cæsas, sánguine c r u e n t á t a s. V i d e óculos benignissimos lácrimis perfúsos, et ad ignomíniam velátos. Vide os suavíssimum siti ardentissima cruciátum, et felle atque acéto potátum. Vide dorsum, supra quod fabricavérunt peccatóres, verbéribus dilaniátum, et húmeros crucis póndere oppréssos. Vide bráchia amabilissima fúnibus devincta, et in cruce crudéliter exténsa. Vide manus innocentissimas duríssimis clavis p e r f o r á t a s. V i d e pedes delicátos t o t itinéribus defatigátos, ac cruci tandem affíxos. Vide corpus venerábile pro nobis in cruce suspénsum, vulnerátum, mórtuum et sepúltum. Vide sánguinem pretiosíssimum usque ad mínimam guttam pro nostra salúte misericórditer effúsum. Hæc enim tibi óffero et repræsénto, omni quo possum devotiónis afféctu supplíciter orans, ut ipsa píetas, qua Fílium tuum pro nobis tradidísti, te ómnibus miseréri compéllat, pro quibus ille, factus obédiens usque ad mortem, crucem subíre dignátus est. Amen.

Obsecro te, Dómine Jesu Christe, ut pássio tua (cujus modo memóriam factúrus sum), sit mihi virtus, qua múniar, prótegar, et deféndar. Vúlnera tua sint mihi cibus et potus, quibus pascar, inébrier, et delécter. Aspérsio sánguinis tui

sit ómnium peccatórum meórum ablútio. Mors tua sit mihi vita indefíciens. Crux tua sit mihi glória sempitérna, resurréctio et auxílium, sánitas et gaúdium, desidérium et solátium cordis mei nunc et in perpétuum. Amen.

Benigníssime ac óptime Jesu Christe, súscipe hanc oblatiónem meam in amóre illo superexcellénti in quo ómnia vúlnera tui sanctíssimi córporis sustinuísti, et miserére mei fámuli tui, et ómnibus peccatóribus, cunctísque fidélibus, tam vivis, quam defúnctis, da misericórdiam, grátiam, remissiónem, et vitam ætérnam. Amen.

Sanctissime et adoránde Spíritus, sine tuo númine nihil est in hómine ; ex te enim omnis sufficiéntia nostra. Sine te nihil boni fácere, nec statu aut vocatióne nostra fungi póssumus: custódi ánimam meam quóniam sanctus sum ; salvum fac servum tuum, Deus meus, sperántem in te. Sanctus sum dono fídei et grátiæ, quo me in baptísmo sanctificásti. Sanctus quoque sum múnere sacerdótii, quo me fungi voluísti ; id enim sanctum est : ut autem ei digne respóndeam sanctus esse débeo, id est, segregátus a terrénis, purus, castus, multis grátiæ dótibus et virtútibus conspícuus. Sed quis sanctum et mundum fáciet de immúndo concéptum sémine ? Tu útique, o Deus sanctificátor, qui es sanctus sanctórum, a quo omnis sanctificátio nostra. Cor ergo mundum in me crea, et spíritum rectum ínnova in viscéribus meis.

Ex S. Francisco Salesio

Episcopo Genevensi et Doctore Ecclesiæ.

1. Actus adorationis.

O Deus trine in persónis, et unus in esséntia, et tu Dómine Jesu Christe, verus Deus et homo, ex toto corde te adóro, ac confíteor, te meum esse verum, et únicum Creatórem, Salvatórem, et meum últimum finem. Et quia mea adorátio nimis exígua, et débilis est, tibi óffero excelléntes illas adoratiónes, quas contínuo tibi persólvit tua sanctíssima humánitas, et tua gloriosíssima génitrix virgo María, tótaque cúria cœléstis, ac sancta Ecclésia cathólica, tua dilécta sponsa.

2. Actus amoris.

Insuper, o Dómine, ex toto corde, ex tota ánima, ex ómnibus víribus te amo, et te super ómnia amáre desídero, et si possíbile esset, te amáre cúperem illo amóre perfectíssimo, quo teípsum amas, et quo tua sanctíssima humánitas, et gloriosíssima vírgo María, cum tota cœlésti cúria, et sancta Ecclésia cathólica, te amant.

3. Actus contritionis.

Et cum, o Dómine, sis infiníte bonus, sápiens, potens, justus, et miséricors, ídeo ex toto corde dóleo, et super ómnia detéstor ómnia mea peccáta mortália, et veniália, quæ umquam cogitatióne, verbo et ópere a primo instánti, quo usum ratiónis hábui, usque ad præséntem horam commísi. Et loco mei imperfécti dolóris tibi óffero amáram illam contritiónem quam sanctus Prophéta David, sanctus Petrus, et sancta María Magdaléna, imo omnes viri pœniténtes umquam habuérunt ab orígine mundi usque ad præsens, cum voluntáte absolúta te numquam ámplius, adjuvánte tua

divína grátia, offendéndi.

4. Actus satisfactionis.

Et quia, o Dómine, in mea non est potestáte, ut satisfáciam tot débitis, quibus ob mea peccáta, et offénsas plusquam obligátum profíteor, ídeo in satisfactiónem eórum óffero tibi totam vitam meam, ómnia ópera mea, omnes labóres, pœnas, et dolóres, quos sustínui, et adhuc sustentúrus sum, cum méritis vitæ, passiónis, et mortis tui unigéniti Fílii, humíllime petens véniam ómnium meórum delictórum, et efficácem grátiam, ut de iis ante mortem veram pœniténtiam ágere possim.

5. Actus oblationis.

Prætérea, o Dómine, cum hoc meo sacrifício me tibi totum ad tuum honórem, et ætérnam glóriam óffero, et cónsecro in unióne illíus ardentíssimi amóris, et puríssimæ intentiónis, quibus te ipsum in última cœna nobis in cibum tradidísti, et in ara crucis sacrifícium cruéntum pro nobis obtulísti. Et loco meæ exíguæ præparatiónis, ac præséntis meæ parvæ devotiónis tibi óffero profúndam illam humilitátem, caritátem, puritátem, cum quibus tua sanctíssima mater, et omnes tui fidéles, et fámuli ad hoc sanctíssimum Sacraméntum accessérunt, et quibus ornáti tui sancti Apóstoli, imo omnes sancti sacerdótes hoc treméndum sacrifícium tibi obtulérunt a prima tua institutióne usque ad præsens, et quibus nunc adornáta tua sancta Ecclésia cathólica ubíque locórum offert.

Protestatio facienda ante Missam.

Gregorius XIII. P. M. sequentem intentionis formulam recitanti 50 dierum Indulgentiam concessit.

Ego volo celebráre Missam, et confí-cere Corpus et Sánguinem Dómini nostri Jesu Christi, juxta ritum sanctæ Románæ Ecclésiæ, ad laudem omnipoténtis Dei, totiúsque cúríæ triumphántis, ad utilitátem meam, totiúsque cúríæ militántis, pro ómnibus, qui se commendavérunt oratiónibus meis in génere, et in spécie, et pro felíci statu sanctæ Románæ Ecclésiæ. Amen.

Gaúdium cum pace, emendatiónem vitæ, spátium veræ pœniténtiæ, grátiam et consolatiónem sancti Spíritus, persevérántiam in bonis opéribus, tríbuat nobis omnípotens et miséricors Dóminus. Amen.

Oratio ad Beatam Virginem Mariam ante Missam.

Mater pietátis et misericórdiæ, beatíssima Virgo María, ego miser et indígnus peccátor ad te confúgio toto corde et afféctu : et precor dulcíssimam pietátem tuam, ut sicut dulcíssimo Fílio tuo in cruce pendénti adstitísti, ita et mihi mísero sacerdóti, et sacerdótibus ómnibus hic et in tota sancta Ecclésia hódie offeréntibus, cleménter assístere dignéris, ut tua grátia adjúti, dignam et acceptábilem hóstiam in conspéctu summæ et indivíduæ Trinitátis offérre valeámus. Amen.

Oratio ad S. Josephum.

Pius IX. P. M. d. d. 4. Febr. 1877 concessit cuilibet sacerdoti, orationem seq. devote ante Missam recitanti, Indulgentiam centum dierum.

O felícem virum beátum Joseph, cui datum est, Deum, quem multi reges voluérunt vidére, et non vidérunt, audíre, et non audiérunt, non solum vidére, et audíre, sed portáre, deosculári, vestíre et custodíre.

℣. Ora pro nobis beáte Joseph. ℟. Ut digni efficiámur promissiónibus Christi.

Orémus.

Deus, qui dedísti nobis regále sacerdótium, præsta, quǽsumus; ut sicut beátus Joseph unigénitum Fílium tuum natum ex María Vírgine, suis mánibus reverénter tractáre méruit et portáre, ita nos fácias cum cordis mundítia et óperis innocéntia tuis sanctis altáribus deservíre, ut sacrosánctum Fílii tui corpus et sánguinem hódie digne sumámus, et in futúro sǽculo prǽmium habére mereámur ætérnum. Per Christum Dóminum nostrum. Amen.

Oratio ad Sanctum vel Sanctam, cujus ea die festum celebratur.

O sancte vel sancta N, ecce ego miser peccátor de tuis méritis confísus, óffero nunc sacratíssimum sacraméntum Córporis et Sánguinis Dómini nostri Jesu Christi pro tuo honóre et glória:

precor te humíliter et devóte, ut pro me hódie intercédere dignéris, ut tantum sacrifícium digne et acceptabíliter offérre váleam, et eum tecum, et cum ómnibus eléctis ejus æternáliter laudáre, atque cum eo semper regnáre váleam : Qui vivit.

Et si sint plures, dicatur in numero plurali.

Tres petitiones ad B. Virginem

pro digna dispositione ad S. Missæ Sacrificium.

Ex B. Gertrude, lib. IV., c. 40.

Castíssima Virgo María, rogo te per illam innocentíssimam puritátem, qua Fílio Dei, in útero tuo virgináli, plácitam mansiónem præparásti, ut tuis précibus ab omni mácula mérear emundári.

2. Humíllima Virgo, rogo te per profundíssimam illam humilitátem, qua super omnes choros angelórum et sanctórum meruísti exaltári, ut tuis précibus suppleántur omnes negligéntiæ meæ.

3. Amabilíssima Virgo María, rogo te per singulárem ac tantum illum amórem, qui sanctam ánimam tuam inseparabíliter Deo conglutinávit, ut tuis précibus præstétur mihi cópia requisitórum meritórum. Amen.

Oratio ad omnes angelos et sanctos.

Angeli, Archángeli, Throni, Dominatiónes, Principátus, Potestátes, Virtútes cœlórum, Chérubim atque Séraphim, omnes Sancti et Sanctæ Dei, imprímis dilécti patróni, intercédere dignémini pro húmili servo vestro, ut hoc sacrifícium Deo omnipoténti digne váleam offérre, ad laudem et glóriam nóminis sui, ad utilitátem meam, totiúsque Ecclésiæ suæ sanctæ. Amen.

GRATIARUM ACTIO
POST MISSAM.

Ant. Trium puerórum cantémus hymnum, quem cantábant sancti in camíno ignis, benedicéntes Dóminum.

Quæ Antiphona in festis duplicibus tantum duplicatur; et tempore paschali additur in fine **Allelúja.**

Canticum trium puerorum.

Dan. 3. 57.

enedícite ómnia ópera Dómini Dómino: * laudáte et superexaltáte eum in sæcula.

Benedícite Angeli Dómini Dómino: * benedícite cœli Dómino.

Benedícite aquæ omnes, quæ super cœlos sunt, Dómino: * benedícite omnes virtútes Dómini Dómino.

Benedícite sol et luna Dómino: * benedícite stellæ cœli Dómino.

Benedícite omnis imber et ros Dómino: * benedícite omnes spíritus Dei Dómino.

Benedícite ignis et æstus Dómino: * benedícite frigus et æstus Dómino.

Benedícite rores et pruína Dómino: * benedícite gelu et frigus Dómino.

27

Benedícite glácies et nives Dómino: * benedícite noctes, et dies Dómino.

Benedícite lux et ténebræ Dómino:* benedícite fúlgura et nubes Dómino.

Benedícat terra Dóminum: * laudet et superexáltet eum in sǽcula.

Benedícite montes et colles Dómino: * benedícite univérsa germinántia in terra Dómino.

Benedícite fontes Dómino: * benedícite mária et flúmina Dómino.

Benedícite cete et ómnia, quæ movéntur in aquis, Dómino: * benedícite ómnes volúcres cœli Dómino.

Benedícite omnes béstíæ et pécora Dómino: * benedícite fílii hóminum Dómino.

Benedícat Israël Dóminum: * laudet et superexáltet eum in sǽcula.

Benedícite sacerdótes Dómini Dómino: * benedícite servi Dómini Dómino.

Benedícite spíritus et ánimæ justórum Dómino: * benedícite sancti et húmiles corde Dómino.

Benedícite Ananía, Azaría, Mísaël Dómino: * laudáte et superexaltáte eum in sǽcula.

Benedicámus Patrem et Fílium cum sancto Spíritu: * laudémus et superexaltémus eum in sǽcula.

Benedíctus es, Dómine, in firmaménto cœli: * et laudábilis, et gloriósus, et superexaltátus in sǽcula.

Hic non dicitur Glória Patri, neque Amen.

Psalmus 150.

Laudáte Dóminum in sanctis ejus: * laudáte eum in firmaménto virtútis ejus.

Laudáte eum in virtútibus ejus: * laudáte

eum secúndum multitúdinem magnitúdinis ejus.

Laudáte eum in sono tubæ: * laudáte eum in psaltério et cíthara.

Laudáte eum in týmpano et choro: * laudáte eum in chordis et órgano.

Laudáte eum in cýmbalis benesonántibus, laudáte eum in cýmbalis jubilatiónis: * omnis spíritus laudet Dóminum.

Glória Patri.

Ant. Trium puerórum cantémus hymnum, quem cantábant sancti in camíno ignis, benedicéntes Dóminum. (tempore paschali. Allelúja.)

Deinde sacerdos dicit:

Kýrie eléison, Christe eléison. Kýrie eléison.

Pater noster.

℣. Et ne nos indúcas in tentatiónem. ℟. Sed líbera nos a malo.

℣. Cofiteántur ti-bi, Dómine, ómnia ópera tua. ℟. Et sancti tui benedícant tibi.

℣. Exsultábunt sancti in glória. ℟. Lætabúntur in cubílibus suis.

℣. Non nobis, Dómine, non nobis. ℟. Sed nómini tuo da glóriam.

℣. Dómine, exaúdi oratiónem meam. ℟. Et clamor meus ad te véniat.

℣. Dóminus vobíscum. ℟. Et cum spíritu tuo.

Orémus.

Deus, qui tribus púeris mitigásti flammas ígnium: concéde propítius; ut nos fámulos tuos non exúrat flamma vitiórum.

Actiónes nostras, quǽsumus Dómine, adspirándo prǽveni, et adjuvándo proséquere: ut cuncta nostra orátio et operátio a te semper incípiat, et per te cœpta finiátur.

Da nobis, quǽsumus Dómine, vitiórum nostrórum flammas exstínguere, qui beáto Lauréntio tribuísti tormentórum suórum incéndia superáre. Per Christum Dóminum nostrum. ℟. Amen.

ORATIONES

post celebrationem et communionem dicendae.

Oratio S. Thomae de Aquino.

Grátias tibi ago, Dómine sancte, Pater omnípotens, ætérne Deus, qui me peccatórem indígnum fámulum tuum, nullis meis méritis, sed sola dignatióne misericórdiæ tuæ satiáre dignátus es pretióso córpore et sánguine Fílii tui Dómini nostri Jesu Christi; et precor, ut hæc sancta commúnio non sit mihi reátus ad pœnam, sed intercéssio salutáris ad véniam. Sit mihi armatúra fídei, et scutum bonæ voluntátis. Sit vitiórum meórum evacuátio, concupiscéntiæ et libídinis exterminátio, caritátis et patiéntiæ, humilitátis et obediéntiæ, omniúmque virtútum augmentátio, contra insídias inimicórum ómnium, tam visibílium, quam invisibílium, firma defénsio: mótuum meórum, tam carnálium, quam spirituálium, perfécta quietátio: in te uno ac vero Deo firma adhǽsio: atque finis mei felix consummátio. Et precor te, ut ad illud ineffábile convívium me peccatórem perdúcere dignéris, ubi tu cum Fílio tuo, et Spíritu sancto, Sanctis tuis es lux vera, satietas plena, gaúdium sempitérnum, jucúnditas consummáta, et felícitas perfécta. Per eúmdem Christum Dóminum nostrum. Amen.

Oratio S. Bonaventurae.

ransfíge, dulcíssime Dómine Jesu, medúllas et víscera ánimæ meæ suavíssimo ac salubérrimo amóris tui vúlnere, vera serenáque, et Apostólica sanctíssima caritáte, ut lángueat et liquefíat ánima mea solo semper amóre et desidério tui, te concupíscat, et defíciat in átria tua, cúpiat dissólvi, et esse tecum. Da, ut ánima mea te esúriat, panem Angelórum, refectiónem animárum sanctárum, panem nostrum quotidiánum, súpersubstantiálem, habéntem omnem dulcédinem, et sapórem, et omne delectaméntum suavitátis: te, in quem desíderant Angeli prospícere, semper esúriat et cómedat cor meum, et dulcédine sapóris tui repleántur víscera ánimæ meæ: te semper sítiat fontem vitæ, fontem sapiéntiæ et sci-

éntiæ, fontem ætérni lúminis, torréntem voluptátis, ubertátem domus Dei: te semper ámbiat, te quærat, te invéniat, ad te tendat, ad te pervéniat, te meditétur, te loquátur, et ómnia operétur in laudem et glóriam nóminis tui, cum humilitáte et discretióne, cum dilectióne et delectatióne, cum facilitáte et afféctu, cum perseverántia usque in finem: et tu sis solus semper spes mea, tota fidúcia mea, divítiæ meæ, delectátio mea, jucúnditas mea, gáudium meum, quies et tranquíllitas mea, pax mea, suávitas mea, odor meus, dulcédo mea, cibus meus, reféctio mea, refúgium meum, auxilium meum, sapiéntia mea, pórtio mea, posséssio mea, thesaúrus meus, in quo fixa, et firma, et immóbíliter semper sit radicáta mens mea, et cor meum. Amen.

Alia Oratio

dicenda post celebrationem Missæ.

Omnípotens, sempitérne Deus, conservátor animárum, mundíque Redémptor, me fámulum tuum ante majestátem tuam prostrátum benigníssime réspice; et sacrifícium, quod in honórem nóminis tui pro salúte fidélium tam vivórum, quam étiam defunctórum, et pro peccátis et offensiónibus meis óbtuli, piíssime réspice: iram tuam a me rémove, grátiam et misericórdiam mihi concéde, jánuam paradísi mihi pande, ab ómnibus malis me poténter éripe; et quidquid próprio commísi reátu, cleménter indúlge. Et sic in hoc sæculo in præcéptis tuis fac me perseveráre, ut dignus electórum gregi copulári effíciar: te præstánte, Deus meus, cujus nomen benedíctum, honor, atque regnum pérmanet in sæcula sæculórum. Amen.

Rythmus sancti Thomae

ad Ss. Eucharistiam.

Adóro te devóte, latens Déitas,
Quæ sub his figúris vere látitas:
Tibi se cor meum totum súbjicit,
Quia te contemplans, totum déficit.

Visus, tactus, gustus in te fállitur,
Sed audítu solo tuto créditur.
Credo quidquid dixit Dei Fílius;
Nil hoc verbo veritátis vérius.

In cruce latébat sola Déitas,
At hic latet simul et humánitas:
Ambo tamen credens atque cónfitens,
Peto quod petivit latro pœnitens.

Plagas, sicut Thomas, non intúeor,
Deum tamen meum te confíteor:

Fac me tibi semper magis crédere,
In te spem habére, te diligere.

O memoriále mortis Dómini,
Panis vivus, vitam præstans hómini :
Præsta meæ menti de te vívere,
Et te illi semper dulce sápere.

Pie pellicáne, Jesu Dómine,

Me immúndum munda tuo sánguine :
Cujus una stilla salvum fácere
Totum mundum quit ab omni scélere.

Jesu, quem velátum nunc adspício,
Oro fiat illud, quod tam sítio :
Ut te reveláta cernens fácie,
Visus sim beátus tuæ glóriæ. Amen.

Ex S. Francisço Salesio

Episcopo Genevensi.

Oratio praecipuos Virtutum actus continens.

Dómine Jesu Christe, únice Salvátor meus, ex toto corde te adóro, et ob tantam mihi concéssam grátiam infinítas grátias tibi réfero. Et qui omni amóre dignus es, te super ómnia díligo, doleóque, quod te háctenus non amárim, nec in præsénti, in quantum meréris, te amem; et in hujus deféctum tibi óffero omnes adorationes, gratiárum actiónes, afféctus, et actus amóris, reveréntiæ et gratitúdinis, quos umquam tua sanctíssima Mater, omnes tui Sancti, ac fidéles tui fámuli in Cúria illa cœlésti, ac in hac sancta Ecclésia sponsa tua elicuérunt, ac nunc de facto elíciunt. Dóleo ex corde, o Dómine Jesu, et de nulla re magis dolébo, quam quod te tóties, et multifórmiter offénderim,

et mihi summe díspli-
cet, quod illum doló-
rem in me non sén-
tiam, qualem suma tua
bónitas, et majéstas
requírit. Quare hu-
míllime per mérita
sanctíssimæ tuæ Pas-
siónis véniam peto, óf-
ferens meípsum cum
illa tua benedícta Pas-
sióne, et ómnia, quæ
háctenus toto vitæ
meæ cursu in remis-
siónem peccatórum
meórum aut factúrus,
aut passúrus ero; et ut
ista confidéntia, quod
mea peccáta condona-
túrus sis, in tua infín-
íta bonitáte, et cle-
méntia fundáta est, sic
per illam te déprecor,
ut mihi grátiam concé-
das abundántem me
emendándi, et in tuo
servítio usque in finem
perseverándi.

Ex tract. de Sacrificio Missæ Vener. Joañ. Bona.

Actus Amoris.

Amo te, Dómine Je-
su, jucúnditas mea
et réquies mea; amo
te, summum et únicum
bonum meum, ex toto
corde, ex tota mente,
ex tota ánima, ex totis
víribus meis; et si tu
vides me in hoc defí-
cere, saltem desídero
amáre te; et si satis
id non opto, saltem
desídero id multum de-
sideráre. Succénde,
Dómine, igne tuo ar-
dentíssimo víscera
mea, et quandóquidem
non nisi amórem petis
a me, da quod jubes, et
jube quod vis. Nisi
enim déderis mihi vel-
le et perfícere, períbo
útique in infirmitáte
mea. Sonet vox tua
in aúribus meis, vox
illa dulcíssima et effi-
cacíssima, volo; nam
si vis, potes me mun-
dáre et illumináre;
potes me ad suprémum
amóris gradum ele-
váre. Sicut voluísti
pro me pati et mori;
ita étiam velis ut ap-
páreat in me fructus

passiónis et mortis
tuæ. Meménto verbi
tui servo tuo, in quo
mihi spem dedísti ; tu
enim dixísti: Qui man-
dúcat meam carnem,
et bibit meum sán-
guinem, in me manet,
et ego in eo. O dul-
císsimum verbum tu
in me, et ego in te ! O
quantus amor, tu in
vilíssimo peccatóre, et
ego in te, Deus meus,
cujus majéstas incom-
prehensíbilis est!
Unum est mihi neces-
sárium, et hoc solum
quæro, in te vívere, in
te quiéscere, a te num-
quam separári. Felix
est qui te quærit, felí-
cior qui te póssidet,
felicíssimus qui in hac
possessióne persevérat
et móritur. O dies in-
felíces quos túrpiter
transégi díligens vani-
tátem, et recédens a
te ! Et nunc, Dómine,
qui venísti in hunc
mundum, ut peccató-
res salvos fáceres, ré-
dime ánimam meam
in sola fidúcia misera-
tiónum tuárum respi-

rántem, et aufer a me
ómnia amóris tui im-
pediménta. Procul sit
a me omnis terréna
delectátio, nihil sápiat
mihi, nihil me allíciat,
nisi tu. Vive et regna
semper in me, fidelís-
sime amátor ánimæ
meæ ; in te enim sunt
ómnia bona, et jam de-
ínceps parátus sum
ómnia pótius mala pér-
peti, quam ut umquam
cessem amáre te. O
corpus sacratíssimum
quinque vulnéribus
sauciátum ! pone te ut
signáculum super cor
meum, et ímprime illi
caritátem tuam. Ob-
sígna pedes meos, ut
sequar vestígia tua, ob-
sígna manus, ut bona
semper ópera exérce-
am ; obsígna latus, ut
ferventíssimos amóris
tui actus próferam in
ætérnum. O sanguis
pretiosíssime qui om-
nem hóminem ábluis
et puríficas ! lava áni-
mam meam, et pone
signum in fáciem me-
am, ut nullum præter
te amatórem admít-

tam. O dulcédo cordis mei et vita ánimæ meæ! sicut tu in Patre, et Pater in te est, ita ego per grátiam tuam unus tecum sim amóre et voluntáte, mihíque mundus crucifíxus sit, et ego mundo. Amen.

Grátias tibi ago, benigníssime Deus, quod me vilíssimum peccatórem admíttere dignátus sis ad vivíficum tuæ mensæ convívium. Et quis sum ego pulvis et cinis, ut appóneres erga me cor tuum, inclínans cœlos tuos et descéndens, ut sánguine tuo puríssimo sordes meas laváres, et deficiéntem præ fame ánimam meam, non manna de cœlo, sed carne tua immaculáta refíceres et satiáres! Si cœli cœlórum te cápere non possunt, et ángeli non sunt mundi in conspéctu tuo, quis ego sum, et quæ domus mea, ut ad me veníre, et indígnis mánibus meis contrectári, ac in me commorári volúeris? Quid in me invenísti, rex treméndæ majestátis, quod a templo glóriæ tuæ tráheret te, et descéndere fáceret in abýssum miseriárum? Vos, ángeli sancti, vos omnes elécti Dei, veníte, audíte, et narrábo vobis quanta fecit Deus ánimæ meæ; cum enim essem pauper et abominábilis, nec audérem oculos meos leváre ad cœlum præ multitúdine iniquitátum meárum, ille me de púlvere suscitávit, eréxit de stércore, ut sedérem cum princípibus, et de mensa ejus coméderem ómnibus diébus vitæ meæ. Grátias illi ágite ex me, vos amíci mei fidelíssimi; ego enim puer sum, non annis, sed sensu, et néscio loqui, nec verba invénio quibus possim, ut par est, tam copiósum munus grátiæ extóllere et

prædicáre. Quis enim
amor infinítæ caritáti
ejus a me reddi potest,
qui frigus et gelu dici,
non autem amor me-
reátur? Quæ laus, quæ
adorátio, quale obsé-
quium meum erit, quod
nullum non reddat in-
finíta ejus perféctio et
dígnitas, et ima ac sum-
ma indígnitas mea? Sed
tu, Dómine, miserátor
et clemens, et imménsæ
bonitátis, tu nosti fig-
méntum meum, non
despicies humíllimam
gratiárum actiónem
quam tibi óffero de pau-
pertáte mea, et sacrifí-
cium laudis meæ hon-
orificábit te. Tua est
magnificéntia, tua est
gloria, et tibi laus in
perpétuas æternitátes
pro tam excélso et in-
comparábili benefício.
Tibi laudes cóncinant,
tibi mecum grátias
agant univérsi pópuli,
tribus et linguæ, omnes
ángeli et sancti tuí,
quóniam misericórdia
tua magnificáta est su-
per me, et miseratiónes
tuæ super ómnia ópera

tua. Júbilent tibi om-
nes creatúræ, quæcúm-
que cœli, terræ et abýs-
si ámbitu continéntur,
et laudem tibi perpé-
tuam dicant; quæ a te
éxiens, in te réfluat
ómnium rerum princí-
pium et finem. Júbi-
lent tibi et grátias
agant cor meum et án-
ima mea, vires, sensus
poténtiæ, et ómnia
membra córporis mei;
tibíque soli honor et
glória, a quo, per quem
et in quo ómnia; qui es
Deus benedíctus et
laudábilis in sǽcula
sæculórum. Amen.

Adspirationes S. Ignatii

ad Ss. Redemptorem.

Pius IX. d. d. 9. Januarii 1854 concessit Indulgentiam 300 dierum toties quoties pro recitatione sequ. Invocat.; si vero recitantur a Sacerdoti-bus post Missæ Sacrificium Indulg. 7 annorum semel in die. Si quotidie recitantur. Indulgentiam plenariam die arbitrio cujusvis mensis.

Anima Christi sanc-
tífica me. Corpus
Christi salva me. San-
guis Christi inébria me.
Aqua láteris Christi
lava me. Pássio Christi

confórta me. O bone
Jesu, exaúdi me. Intra
tua vúlnera abscónde
me. Ne permíttas me
separári a te. Ab hoste
malígno defénde me.
In hora mortis meæ
voca me. Et jube me
veníre ad te, ut cum
sanctis tuis laudem te
in sǽcula sæculórum.
Amen.

Oblatio sui.

Súscipe, Domine, uni-
vérsam meam lib-
ertátem. Accipe me-
móriam, intelléctum,
atque voluntátem om-
nem. Quidquid hábeo,
vel possídeo, mihi lar-
gítus es : id tibi totum
restítuo, ac tuæ prorsus
voluntáti trado guber-
nándum. Amórem tui
solum cum grátia tua
mihi dones, et dives
sum satis, nec áliud
quidquam ultra posco.

Oratio
ad Dominum Jesum Chris-
tum.

Pius PP. IX., ex Decr. S.
C. Indulgent. die 11. Dec.
1846, revocata quacumque
alia concessione, indulsit ut
sacerdotes lucrari possint Indulgentiam trium annorum,

recitantes post peractum
Missæ sacrificium orationem
sequ.

Obsecro te, dulcís-
sime Dómine Jesu
Christe, ut pássio tua
sit mihi virtus qua
múniar, prótegar, at-
que deféndar : vúlnera
tua sint mihi cibus,
potúsque, quibus pas-
car, inébrier, atque de-
lécter : adspérsio sán-
guinis tui sit mihi
ablútio ómnium delic-
tórum meórum : mors
tua sit mihi glória
sempitérna. In his sit
mihi reféctio, exsultá-
tio, sánitas et dulcédo
cordis mei : Qui vivis
et regnas in sǽcula sæ-
culórum. Amen.

Oratio ad vulnera Christi.

Rogo te, Dómine Je-
su, per illa salu-
tífera vúlnera tua, quæ
passus es in cruce pro
salúte nostra, ex qui-
bus emanávit ille pre-
tiósus sanguis, quo
sumus redémpti : vúl-
nera hanc ánimam me-
am peccatrícem, pro
qua étiam mori digná-

tus es ; vúlnera eam ígneo et potentíssimo telo tuæ nímiæ caritátis ! Confíge cor meum jáculo tui amóris, ut dicat tibi ánima mea : caritáte tua vulneráta sum ; ita ut ex ipso vúlnere amóris tui ubérrimæ fluant lácrimæ die ac nocte. Pércute, Dómine, pércute, óbsecro, hanc duríssimam mentem meam pia et válida cúspide dilectiónis tuæ, et áltius ad intima pénetra poténti virtúte ! Qui vivis et regnas in sǽcula sæculórum. Amen.

Oratio S. Cajetani.

Pius P. M. d. d. 4. Febr. 1877 concessit Indulgentiam centum dierum semel in die.

 éspice Dómine, de sanctuário tuo et de excélso cœlórum habitáculo, et vide hanc sacrosánctam Hóstiam, quam tibi offert magnus Póntifex noster, sanctus puer tuus Dóminus Jesus pro peccátis fratrum suórum ; et esto placábilis super multitúdinem malítiæ nostræ. Ecce vox sánguinis fratris nostri Jesu clamat ad te de Cruce. Exaúdi, Dómine : placáre, Dómine : atténde et fac : ne moréris propter temetípsum, Deus meus, quia nomen tuum invocátum est super civitátem istam et super pópulum tuum : et fac nobíscum secúndum misericórdiam tuam. Amen.

Ut civitátem istam deféndere, pacificáre, custodíre, conserváre et benedícere dignéris. Te rogámus audi nos.

Oratio coram imagine Crucifixi.

Summi Pontifices Clemens VIII., Benedictus XIV., et Pius VII. (juxta Decretum Urbis et Orbis S. C. Indulg. d. 10. April. 1821.) et Leo XII. (juxta decret. ejusdem S. Indulg. C. d. 17. Sept. 1825.) Indulgentiam plenariam omnibus et singulis Christifidelibus concesserunt, qui peracta sacramentali confessione et s. comunione refecti, corde saltem contrito et devoto sequentem orationem ante quamcumque Dni N. J. C. Crucifixi imaginem recitaverint, et pro s. matris Ecclesiæ necessitatibus oraverint. Quam Indulgentiam Pius PP. IX. d. 31. Julii 1858 denuo confirmavit.

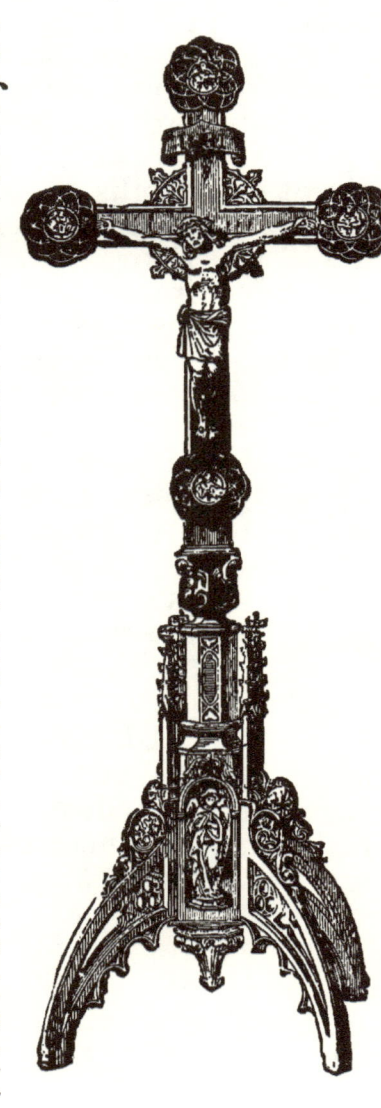

En ego, o bone et dulcíssime Jesu, ante conspéctum tuum génibus me provólvo ac máximo ánimi ardóre te oro atque obtéstor, ut meum in cor vívidos fídei, spei et caritátis sensus, atque veram peccatórum meórum pœniténtiam, éaque emendándi firmíssimam voluntátem velis imprímere: dum magno ánimi afféctu et dolóre tua quinque vúlnera mecum ipse consídero, ac mente contémplor, illud præ óculis habens, quod jam in ore ponébat suo David prophéta de te, o bone Jesu: Fodérunt manus meas et pedes meos: dinumeravérunt ómnia ossa mea. Ps. 21.

Oratio S. Augustini
ad B. Mariam Virginem.

O sereníssima et ínclyta gloriósa Virgo María, quæ Creatórem ómnium creaturárum in tuo sacratíssimo útero fuísti digna portáre, sólaque virgíneo úbere lactáre : cujus veracíssimum, sacrúmque corpus et sánguinem ego indígnus peccátor modo súmere præsúmpsi: tuam humíliter déprecor misericórdiam, ut apud ipsum pro me peccatóre intercédere dignéris, ut quidquid in hoc tam ineffábili, ac digníssimo sacrifício, per me indígnum, ignoránter, vel negligénter, aut accidénter, seu irreverénter, scílicet in tractándo et suméndo, ac ministrándo actum est, commíssum, vel omíssum, tuis sacratíssimis précibus indulgére dignétur idem Dóminus noster Jesus Christus Fílius tuus, qui cum Patre et Spíritu sancto vivit et regnat in sǽcula sæculórum. Amen.

Oratio ad S. Joseph.

Pius P. M. d. d. 4. Febr. 1877 sequentem Orationem devote recitanti Indulgentiam centum dierum semel in die concessit.

Vírginum custos et pater, sancte Joseph, cujus fidéli custódiæ ipsa Innocéntia Christus Jesus et Virgo vírginum María commíssa fuit : te per hoc utrúmque caríssimum pignus Jesum et Maríam óbsecro et obtéstor, ut me ab omni immundítia præservátum, mente incontamináta, puro corde, et casto córpore Jesu et Maríæ semper fácias castíssime famulári. Amen.

Oratio ad Sanctos.

Sancti Dei omnes, qui in carne vivéntes, sic Dómino servístis, ut jam cum ipso sine fine regnétis, adéste mihi, quæso, précibus meritísque vestris, ut panis ille cœléstis, et viáticum divínum quod modo sumpsi mihi contra omnes infirmitátes, perícula et insídias præstet robur et tutámen ; ut in fortitúdine cibi illíus ámbulem per hujus mundi desértum usque ad montem Dei, et ibídem dulcíssima illíus fruitióne vobíscum júgiter gaúdeam, et eum una vobíscum laudem per ómnia sæcula. Amen.

Oratio ad eosdem,
qua postulatur perseverantia.

Intercedénte beáta María semper Vírgine, quæ somno sanctórum obdórmuit, cum ómnibus sanctis qui in Dómino mórtui sunt, Dómine Jesu, per sanctíssimam mortem tuam mihi indígno concédere dignéris perseverántem in tua voluntáte famulátum ; ut secúndum cor tuum esse, juxta beneplácitum tuum vívere, et in tua caritáte ac dulci ósculo mihi mori, ac

tandem ad te detur perveníre. Amen.
Divínum auxílium, matris Dei præsídium, angelórum subsídium, sanctórum sanctarúmque suffrágium máneant semper nobíscum. Amen.

Deprecatio
pro aliorum necessitatibus.
Ex Const. Apost. lib. VIII.

Dómine, Deus omnípotens, Pater Christi tui benedícti Fílii, exaudítor eórum qui recte ínvocant te, cógnitor precum étiam eórum qui tacent ; grátias ágimus tibi quod nos dignos censuísti, qui participarémus sancta tua mystéria, quæ præbuísti nobis ad plenam eórum quæ bene cognóvimus persuasiónem, ad custódiam pietátis, ad remissiónem delictórum ; quóniam nomen Christi tui invocátum est super nos. Qui segregásti nos ab impiórum communióne, adúna cum iis qui tibi sunt consecráti; confírma nos in veritáte per sancti Spíritus advéntum; quæ ignorámus, revéla, quæ defíciunt, supple, quæ nóvimus, corróbora. Sacerdótes inculpátos consérva in cultu tuo, reges tuére in pace, magistrátus in justítia, áërem in tempérie, fruges in ubertáte, mundum in omnipoténte providéntia. Gentes bellicósas seda; errántes convérte; pópulum tuum sanctífica; vírgines consérva; cónjuges custódi in fide; castos róbora; nuper initiátos firma; catechúmenos érudi, ac dignos initiatióne redde; nosque omnes cóngrega in regnum cœlórum, in Christo Jesu Dómino nostro; cum quo tibi glória, honor ac venerátio, et sancto Spirítui, in sǽcula. Amen.

Quinque Puncta
ante vel post Communionem utilíssime recitanda.

I. Detéstor et abóminor ómnia et síngula peccáta mea, et ómnium aliórum commíssa ab inítio mundi usque in hanc horam, et deínceps usque ad finem mundi committénda : et, si possem, impedírem per grátiam Dei, quam supplex ínvoco.

II. Laudo et ápprobo ómnia bona ópera, facta a princípio mundi usque in hanc horam, et deínceps usque in finem mundi faciénda: et, si possem, ea multiplicárem per grátiam Dei, quam supplex ínvoco.

III. Inténdo ómnia fácere, dícere, et cogitáre ad majórem Dei glóriam, cum ómnibus illis bonis intentiónibus, quas Sancti umquam habuérunt, vel habébunt, vel habére possunt.

IV. Ignósco et dimítto ex toto corde meo ómnibus inimícis meis, ómnibus me calumniántibus, ómnibus mihi detrahéntibus, ómnibus quocúmque modo mihi nocéntibus, vel voléntibus mala.

V. Utinam o m n e s hómines salváre possem moriéndo pro síngulis ! Libénter id facerem per grátiam Dei, quam proptérea supplíciter imploro, et sine qua nihil possum.

Oratio S. Augustini

edita jussu Urbani Papæ VIII.

Ante óculos t u o s, Dómine, c u l p a s nostras férimus, et plagas quas accépimus, conférimus.

Si pensámus malum quod fécimus, minus est quod pátimur, majus est quod merémur. Grávius est q u o d commísimus, lévius est quod tolerámus.

Peccáti pœnam sentímus, et peccándi pertináciam non vitámus.

In flagéllis tuis infírmitas nostra téritur, et iníquitas non mutátur.

Mens ægra torquétur, et cervix non fléctitur.

Vita in dolóre suspírat, et in ópere non se eméndat.

Si exspéctas, n o n corrígimur : si víndicas, non durámus.

Confitémur in correctióne, quod égimus: oblivíscimur post visitatiónem, quod flévimus.

Si exténderis manum, faciénda promíttimus: si suspénderis gládium, promíssa non sólvimus.

Si férias, clamámus ut parcas : si pepérceris, íterum provocámus ut férias.

Habes, Dómine, confiténtes reos: nóvimus quod nisi dimíttas, recte nos périmas.

Præsta, Pater omnípotens, sine m é r i t o q u o d rogámus, q u i fecísti ex nihilo, qui te rogárent. Per Christum Dóminum nostrum. Amen.

V. Dómine non secúndum peccáta nostra fácias nobis. R. Neque secúndum iniquitátes nostras retríbuas nobis.

Orémus.

Deus, qui culpa offénderis, pœniténtia placáris: preces pópuli tui supplicántis propítius réspice: et flagélla tuæ iracúndiæ, quæ pro peccátis nostris merémur, avérte. Per Christum Dóminum nostrum.

R. Amen.

Oratio a Sacerdotibus

per diem repetenda.

Adjuvet nos grátia tua, omnípotens Deus, ut qui offícium sacerdotále suscépimus, digne ac devóte, in omni puritáte et consciéntia bona tibi famulári valeámus. Et si non póssumus in tanta innocéntia vitæ conversári, ut debémus; concéde nobis tamen digne flere mala quæ géssimus, et in humilitátis ac bonæ voluntátis propósito ti-

bi ferventius de cétero deservíre.

De imitatione Christi l. 4. c. 11.

Conclusio

longe efficacissima post Missam.

Ex S. Gertrud. lib. 5. cap. ult.

Hoc ígitur Ss. Sacraméntum, o Christe Jesu, quod ex íntimis tui amorósi cordis prodúxit éfficax dulcor tuæ investigábilis divinitátis, quodque mihi tam benígne modo communicásti, óffero tibi ex afféctu totíus universitátis, in unióne illíus excellentíssimæ caritátis, qua tu altíssimi Patris Unigénitus omnem inflúxum Divinitátis, qui in tuam deificátam Humanitátem descéndit, cum plena gratitúdine ófferens refudísti in abýssum oríginis tuæ; orans cum desidério, et afféctu ómnium creaturárum, ut ipsum tibi íntrahas per afféctum suavíssimi spíritus tui in laudem ætérnam, et imménsam, et incommutábilem, quam inscrutábilis sapiéntia tua altíssime cognóscit, superexcelléntem Dei Patris omnipoténtiam condecére, ac inæstimabíliter suavífluam Spíritus sancti benevoléntiam oblectáre: Nec non et in plene sufficiéntem gratiárum actionem omnis boni, et grátiæ, quam per idípsum operátus es, et in ætérnum operáberis in corde, et ánima ipsum recipiéntis: Item et in dignam emendatiónem ómnium, in quibus negligéntius stúdium, præparátio, et devótio mea omísit, idípsum digne suscípere: Et demum in summam gratiárum actiónem, quod incomprehensíbilis bónitas tua me extrémæ vilitátis vermículum admíttere dignáta est ad regále convívium cœléstium deliciárum tuárum. Pro quo, cum in nullo párvitas mea tibi respondére possit, óffero tibi Cor tuum dulcíssimum, ac únice digníssimum in ea dignitáte, qua plenum est divína gratitúdine, ac omnímodæ beatitúdinis perfectióne superexcéllens in perpétuum. Amen.

HYMNI,

LITANIÆ, ALIÆQUE PRECES

DICENDÆ.

Hymnus Ss. Ambrosii et Augustini.

e Deum laudámus: * te Dóminum confitémur.

Te ætérnum Patrem * omnis terra venerátur.

Tibi omnes Angeli, * tibi cœli, et univérsæ Potestátes :

Tibi Chérubim et Séraphim * incessábili voce proclámant :

Sanctus, Sanctus, Sanctus * Dóminus Deus Sábaoth.

Pleni sunt cœli, et terra * majestátis glóriæ tuæ.

Te gloriósus * Apostolórum chorus :

Te Prophetárum * laudábilis númerus :

Te Mártyrum candidátus * laudat exércitus.

Te per orbem terrárum * sancta confitétur Ecclésia :

Patrem * imménsæ majestátis :

Venerándum tuum verum * et únicum Fílium :

Sanctum quoque * Paráclitum Spíritum.

Tu Rex glóriæ, * Christe.

Tu Patris * sempitérnus es Fílius :

Tu ad liberándum susceptúrus hóminem, * non horruísti Vírginis úterum :

Tu, devícto mortis acúleo, * aperuísti credéntibus regna cœlórum :

Tu ad déxteram Dei sedes, * in glória Patris.

Judex créderis * esse ventúrus.

Te ergo quæsumus, tuis fámulis súbveni, * quos pretióso sánguine redemísti.

Ætérna fac cum sanctis tuis * in glória numerári.

Salvum fac pópulum tuum, Dómine, * et bénedic hæreditáti tuæ :

Et rege eos, * et extólle illos usque in ætérnum.

Per síngulos dies * benedícimus te :

Et laudámus nomen tuum in sǽculum, * et in sǽculum sǽculi.

Dignáre, Dómine,

die isto, * sine peccáto nos custodíre.

Miserére nostri, Dómine, * miserére nostri.

Fiat misericórdia tua, Dómine, super nos, * quemádmodum sperávimus in te.

In te, Dómine, sperávi : * non confúndar in ætérnum.

℣. Benedicámus Patrem, et Fílium, cum sancto Spíritu. ℟. Laudémus, et superexaltémus eum in sǽcula.

℣. Benedíctus es, Dómine, in firmaménto cœli. ℟. Et laudábilis et gloriósus, et superexaltátus in sǽcula.

℣. Dómine, exaúdi oratiónem meam. ℟. Et clamor meus ad te véniat.

℣. Dóminus vobíscum. ℟. Et cum spíritu tuó.

Orémus.

Omnípotens sempitérne Deus, qui dedísti fámulis tuis in

confessióne veræ fídei, ætérnæ Trinitátis glóriam agnóscere, et in poténtia majestátis adoráre unitátem : quǽsumus ; ut, ejúsdem fídei firmitáte, ab ómnibus semper muniámur advérsis. Per Christum Dóminum nostrum.

℞. **Amen.**

¶ Pro gratiarum actione additur sub una conclusione.

Orátio.

Deus, cujus misericórdiæ non est númerus, et bonitátis infinítus est thesáurus : piíssimæ Majestáti tuæ pro collátis donis grátias ágimus, tuam semper cleméntiam exorántes ; ut qui peténtibus postuláta concédis, eósdem non déserens, ad prǽmia futúra dispónas. Per Christum Dóminum nostrum.

℞. **Amen.**

Si prædictus hymnus coram Ss. Sacramento exposito cantatus fuerit, cantatur **Tantum ergo.** cum ℣. et Oratione, et fit benedictio, ut in Ordine Repositionis.

Litaniæ Ss. Nominis Jesu.

Kýrie, eléison.
Christe, eléison.
Kýrie, eléison.
Jesu, audi nos.
Jesu, exaúdi nos.
Pater de cœlis Deus, miserére nobis.
Fíli, Redémptor mundi Deus, miserére nobis.
Spíritus sancte Deus, mis.
Sancta Trínitas unus Deus, mis.
Jesu, Fili Dei vivi, mis.

Jesu, splendor Patris, mis.
Jesu, candor lucis ætérnæ, mis.
Jesu, rex glóriæ, mis.
Jesu, sol justitiæ, mis.
Jesu, fili Maríæ Vírginis, mis.
Jesu amábilis, mis.
Jesu admirábilis, mis.
Jesu, Deus fortis, mis.
Jesu, pater futúri sǽculi, mis.

Jesu, magni consílii Angele, mis.
Jesu potentíssime, mis.
Jesu patientíssime, mis.
Jesu obedientíssime, mis.
Jesu mitis et húmilis corde, mis.
Jesu, amátor castitátis, mis.
Jesu, amátor noster, mis.
Jesu, Deus pacis, mis.
Jesu, auctor vitæ, mis.
Jesu, exémplar virtútum, mis.
Jesu, zelátor animárum, mis.
Jesu, Deus noster, mis.
Jesu, refúgium nostrum, mis.
Jesu, pater paúperum, mis.
Jesu, thesaúrus fidélium, mis.
Jesu, bone pastor, mis.
Jesu, lux vera, mis.
Jesu, sapiéntia ætérna, mis.
Jesu, bónitas infiníta, mis.
Jesu, via et vita nostra, mis.
Jesu, gaúdium Angelórum, mis.

Jesu, rex Patriarchárum, mis.
Jesu, magíster Apostolórum, mis.
Jesu, doctor Evangelistárum, mis.
Jesu, fortitúdo Mártyrum, mis.
Jesu, lumen Confessórum, mis.
Jesu, púritas Vírginum, mis.
Jesu, coróna Sanctórum ómnium, miserére nobis.
Propítius esto : parce nobis, Jesu.
Propítius esto : exaúdi nos, Jesu.
Ab omni malo, líbera nos, Jesu.
Ab omni peccáto, líb.
Ab ira tua, líbera.
Ab insídiis diáboli, líbera.
A spíritu fornicatiónis, líbera.
A morte perpétua, líbera.
A negléctu inspiratiónum tuárum, líbera.
Per mystérium sanctæ incarnatiónis tuæ, líbera.
Per nativitátem tuam, líbera.

Per infántiam tuam, líbera.
Per diviníssimam vitam tuam, líbera.
Per labóres tuos, líbera.
Per agoníam et passiónem tuam, líbera.
Per crucem et derelictiónem tuam, líbera.
Per languóres tuos, líb.
Per mortem et sepultúram tuam, líbera.
Per resurrectiónem tuam, líbera.
Per adscensiónem tuam, líbera.
Per gaúdia tua, líbera.
Per glóriam tuam, líb.
Agnus Dei, qui tollis peccáta mundi : parce nobis Jesu.
Agnus Dei, qui tollis peccáta mundi: exaúdi nos, Jesu.
Agnus Dei, qui tollis peccáta mundi : miserére nobis, Jesu.

Jesu, audi nos.
Jesu, exaúdi nos.

Orémus.

Dómine Jesu Christe, qui dixísti : Pétite, et accipiétis; quǽrite, et inveniétis; pulsáte, et aperiétur vobis; quǽsumus, da nobis peténtibus diviníssimi tui amóris afféctum, ut te toto corde, ore et ópere diligamus, et a tua numquam laude cessémus.

Sancti nóminis tui, Dómine, timórem páriter et amórem fac nos habére perpétuum: quia numquam tua gubernatióne destítuis, quos in soliditáte tuæ dilectiónis instítuis. Per Dóminum nostrum.

Litaniæ Lauretanæ B. M. V.

Kýrie, eléison.
Christe, eléison.
Kýrie, eléison.
Christe, audi nos.
Christe, exaúdi nos.

Pater de cœlis Deus, miserére nobis.
Fili, Redémptor mundi Deus, miserére nobis.

Spíritus sancte Deus, mis.

Sancta Trínitas unus Deus, miserére nobis.

Sancta María, ora pro nobis.

Sancta Dei génitrix, ora.

Sancta Virgo vírginum, ora.

Mater Christi, ora.

Mater divínæ grátiæ, ora.

Mater puríssima, ora.

Mater castíssima, ora.

Mater invioláta, ora.

Mater intemeráta, ora.

Mater amábilis, ora.

Mater admirábilis, ora.

Mater Creatóris, ora.

Mater Salvatóris, ora.

Virgo prudentíssima, ora.

Virgo veneránda, ora.

Virgo prædicánda, ora.

Virgo potens, ora.

Virgo clemens, ora.

Virgo fidélis, ora.

Spéculum justítiæ, ora.

Sedes sapiéntiæ, ora.

Causa nostræ lætítiæ, ora.

Vas spirituále, ora.

Vas honorábile, ora.

Vas insígne devotiónis, ora.

Rosa mýstica, ora.

Turris Davídica, ora.

Turris ebúrnea, ora.

Domus aúrea, ora.

Fœderis arca, ora.

Jánua cœli, ora.

Stella matutína, ora.

Salus infirmórum, ora.

Refúgium peccatórum, ora.

Consolátrix afflictórum, ora.

Auxílium Christianórum, ora.

Regína Angelórum, ora.

Regína Patriarchárum, ora.

Regína Prophetárum, ora.

Regína Apostolórum, ora.

Regína Mártyrum, ora.

Regína Confessórum, ora.

Regína Vírginum, ora.

Regína Sanctórum ómnium, ora.

Regína sine labe origináli concépta, ora.

Regína ss. rósarii, ora.

Agnus Dei, qui tollis peccáta mundi : parce nobis, Dómine.

Agnus Dei, qui tollis peccáta mundi: exaúdi nos, Dómine.

Agnus Dei, qui tollis peccáta mundi: miserére nobis.
Christe, audi nos.
Christe, exaúdi nos.
Kýrie, eléison.
Christe, eléison.
Kýrie, eléison.

℣. Ora pro nobis, sancta Dei génitrix.
℞. Ut digni efficiámur promissiónibus Christi.

Orémus.

Concéde nos fámulos tuos, quæsumus Dómine Deus, perpétua mentis et córporis sanitáte gaudére: et gloriósa beátæ Maríæ semper Vírginis intercessióne a præsénti liberári tristítia, et ætérna pérfrui lætítia. Per Christum Dóminum nostrum.
℞. Amen.

Litaniæ Omnium Sanctorum.

(Recitandæ festo S. Marci et diebus Rogationum.)

Kýrie, eléison.
Christe, eléison.
Kýrie, eléison.
Christe, audi nos.
Christe, exaúdi nos.
Pater de cœlis Deus, miserére nobis.
Fili, Redémptor mundi Deus, miserére nobis.
Spíritus sancte Deus, mis.
Sancta Trínitas, unus Deus, miserére nobis.
Sancta María, ora pro nobis.
Sancta Dei génitrix, ora.
Sancta Virgo vírginum, ora.
Sancte Míchaël, ora.
Sancte Gábriel, ora.
Sancte Ráphaël, ora.
Omnes sancti Angeli et Archángeli, oráte pro nobis.
Omnes sancti beatórum spirítuum órdines, oráte.
Sancte Joánnes Baptista, ora.
Sancte Joseph, ora.
Omnes sancti Patriárchæ et Prophétæ, oráte.
Sancte Petre, ora.

Sancte Paule, ora.
Sancte Andréa, ora.
Sancte Jacóbe, ora.
Sancte Joánnes, ora.
Sancte Thoma, ora.
Sancte Jacóbe, ora.
Sancte Philíppe, ora.
Sancte Bartholomǽe, ora.
Sancte Matthǽe, ora.
Sancte Simon, ora.
Sancte Thaddǽe, ora.
Sancte Mathía, ora.
Sancte Bárnaba, ora.
Sancte Luca, ora.
Sancte Marce, ora.
Omnes sancti Apóstoli et Evangelístæ, oráte.
Omnes sancti discípuli Dómini, oráte.
Omnes sancti Innocéntes, oráte.
Sancte Stéphane, ora.
Sancte Laurénti, ora.
Sancte Vincénti, ora.
Sancti Fabiáne et Sebastiáne, oráte.
Sancti Joánnes et Paule, oráte.
Sancti Cosma et Damiáne, oráte.
Sancti Gervási et Protási, oráte.
Omnes sancti Mártyres, oráte.

Sancte Silvéster, ora.
Sancte Gregóri, ora.
Sancte Ambrósi, ora.
Sancte Augustíne, ora.
Sancte Hierónyme, ora.
Sancte Martíne, ora.
Sancte Nicoláe, ora.
Omnes sancti Pontífices et Confessóres, oráte.
Omnes sancti Doctóres, oráte.
Sancte Antóni, ora.
Sancte Benedícte, ora.
Sancte Bernárde, ora.
Sancte Domínice, ora.
Sancte Francísce, ora.
Omnes sancti Sacerdótes et Levítæ, oráte.
Omnes sancti Mónachi et Eremítæ, oráte.
Sancta María Magdaléna, ora.
Sancta Agatha, ora.
Sancta Lúcia, ora.
Sancta Agnes, ora.
Sancta Cæcília, ora.
Sancta Catharína, ora.
Sancta Anastásia, ora.
Omnes sanctæ Vírgines et Víduæ, oráte.
Omnes Sancti et Sanctæ Dei, intercédite pro nobis.

Propítius esto : parce nobis, Dómine.

Propítius esto: exaúdi nos, Dómine.

Ab omni malo, líbera nos, Dómine.

Ab omni peccáto, líb.

Ab ira tua, líbera.

A subitánea et impro-vísa morte, líbera.

Ab insídiis diáboli, líb.

Ab ira, et ódio, et omni mala voluntáte, líbera.

A spíritu fornicatiónis, líb.

A fúlgure et tempes-táte, líbera.

A flagéllo terræmótus, líb.

A peste, fame et bello, líb.

A morte perpétua, líbera.

Per mystérium sanctæ incarnatiónis tuæ, líbera.

Per advéntum tuum, líb.

Per nativitátem tuam, líb.

Per baptísmum et sanc-tum jejúnium tuum, líbera.

Per crucem et passió-nem tuam, líbera.

Per mortem et sepul-túram tuam, líbera.

Per sanctam resurrec-tiónem tuam, líbera.

Per admirábilem ad-scensiónem tuam, líbera.

Per advéntum Spíritus sancti Parácliti, líb.

In die judícii, líbera.

Peccatóres : te rogá-mus audi nos.

Ut nobis parcas, te rog.

Ut nobis indúlgeas, te rog.

Ut ad veram pœnitén-tiam nos perdúcere dignéris, te rogámus.

Ut Ecclésiam tuam sanctam régere et conserváre dignéris, te rog.

Ut domnum apostóli-cum et omnes eccle-siásticos órdines in sancta religióne con-serváre dignéris, te rogámus.

Ut inimícos sanctæ Ecclésiæ humiliáre dignéris, te rogámus.

Ut régibus et princípi-bus christiánis pa-cem et veram con-córdiam donáre dig-néris, te rogámus.

Ut cuncto pópulo christiáno pacem et unitátem largíri dignéris, te rog.

Ut nosmetípsos in tuo sancto servítio confortáre, et conserváre dignéris, te rogámus.

Ut mentes nostras ad cœléstia desidéria érigas, te rogámus.

Ut ómnibus benefactóribus nostris sempitérna bona retríbuas, te rogámus.

Ut ánimas nostras, fratrum, propinquórum, et benefactórum nostrórum ab ætérna damnatióne erípias, te rog.

Ut fructus terræ dare et conserváre dignéris, te rog.

Ut ómnibus fidélibus defúnctis réquiem ætérnam donáre dignéris, te rog.

Ut nos exaudíre dignéris, te rogámus.

Fili Dei, te rogámus.

Agnus Dei, qui tollis peccáta mundi : parce nobis, Dómine.

Agnus Dei, qui tollis peccáta mundi : exaúdi nos, Dómine.

Agnus Dei, qui tollis peccáta mundi: miserére nobis.

Christe, audi nos.
Christe, exaúdi nos.
Kýrie, eléison.
Christe, eléison.
Kýrie, eléison.
Pater noster. secreto.
V. Et ne nos indúcas in tentatiónem. R. Sed líbera nos a malo.

Psalmus 69.

Deus, in adjutórium meum inténde: * Dómine, ad adjuvándum me festína.

Confundántur et revereántur, * qui quærunt ánimam meam.

Avertántur retrórsum, et erubéscant, * qui volunt mihi mala.

Avertántur statim erubescéntes, * qui dicunt mihi: Euge, euge.

Exsúltent et læténtur in te omnes, qui quærunt te, * et dicant semper: Magnificétur Dóminus: qui díligunt salutáre tuum,

Ego vero egénus et pauper sum : * Deus, ádjuva me.

Adjútor meus et liberátor meus es tu: * Dómine, ne moréris!

Glória Patri. Sicut erat.

V. Salvos fac servos tuos. R. Deus meus, sperántes in te.

V. Esto nobis, Dómine, turris fortitúdinis. R. A fácie inimíci.

V. Nihil profíciat inimícus in nobis. R. Et fílius iniquitátis non appónat nocére nobis.

V. Dómine, non secúndum peccáta nostra fácias nobis. R. Neque secúndum iniquitátes nostras retríbuas nobis.

V. Orémus pro Pontífice nostro N. R. Dóminus consérvet eum, et vivíficet eum, et beátum fáciat eum in terra, et non tradat eum in ánimam inimicórum ejus.

V. Orémus pro benefactóribus nostris. R. Retribúere dignáre, Dómine, ómnibus nobis bona faciéntibus propter nomen tuum vitam ætérnam. Amen.

V. Orémus pro fidélibus defúnctis. R. Réquiem ætérnam dona eis, Dómine, et lux perpétua lúceat eis.

V. Requiéscant in pace. R. Amen.

V. Pro frátribus nostris abséntibus. R. Salvos fac servos tuos, Deus meus, sperántes in te.

V. Mitte eis, Dómine, auxílium de sancto. R. Et de Sion tuére eos.

V. Dómine, exaúdi oratiónem meam. R. Et clamor meus ad te véniat.

V. Dóminus vobíscum. R. Et cum spíritu tuo.

Orémus.

Deus, cui próprium est miseréri semper, et párcere: súscipe

deprecatiónem nostram; ut nos, et omnes fámulos tuos, quos delictórum caténa constríngit, miserátio tuæ pietátis cleménter absólvat.

Exaúdi, quǽsumus Dómine, súpplicum, preces, et confiténtium tibi parce peccátis: ut páriter nobis indulgéntiam tríbuas benígnus et pacem.

Ineffábilem nobis, Dómine, misericórdiam tuam cleménter osténde: ut simul nos et a peccátis ómnibus éxuas, et a pœnis, quas pro his merémur, erípias.

Deus, qui culpa offénderis, pœniténtia placáris: preces pópuli tui supplicántis propítius réspice; et flagélla tuæ iracúndiæ, quæ pro peccátis nostris merémur, avérte.

Omnípotens, sempitérne Deus, miserére fámulo tuo Pontífici nostro N., et

dírige eum secúndum tuam cleméntiam in viam salútis ætérnæ; ut, te donánte, tibi plácita cúpiat, et tota virtúte perfíciat.

Deus, a quo sancta desidéria, recta consília, et justa sunt ópera: da servis tuis illam, quam mundus dare non potest, pacem ; ut et corda nostra mandátis tuis dédita, et hóstium subláta formídine, témpora sint tua protectióne tranquílla.

Ure igne sancti Spíritus renes nostros, et cor nostrum, Dómine: ut tibi casto córpore serviámus, et mundo corde placeámus.

Fidélium Deus ómnium cónditor et redémptor: animábus famulórum, famularúmque tuárum, remissiónem cunctórum tríbue peccatórum; ut indulgéntiam, quam semper optavérunt, piis supplicatiónibus consequántur.

Actiónes nostras, quæsumus Dómine, adspirándo præveni, et adjuvándo proséquere: ut cuncta nostra orátio et operátio a te semper incípiat, et per te cœpta finiátur.

Omnípotens, sempitérne Deus, qui vivórum domináris simul et mortuórum, omniúmque miseréris, quos tuos fide et ópere futúros esse prænóscis: te súpplices exorámus; ut pro quibus effúndere preces decrévimus, quosque vel præsens sæculum adhuc in carne rétinet, vel futúrum jam exútos córpore suscépit, intercedéntibus ómnibus Sanctis tuis, pietátis tuæ cleméntia ómnium delictórum suórum véniam consequántur. Per Dóminum nostrum Jesum Christum Fílium tuum, qui tecum vivit et regnat in unitáte Spíritus sancti Deus per ómnia sæcula sæculórum. R. Amen.

V. Dóminus vobíscum. R. Et cum spíritu tuo.

V. Exaúdiat nos omnípotens et miséricors Dóminus. R. Amen.

V. Et fidélium ánimæ per misericórdiam Dei requiéscant in pace. R. Amen.

Ordo Expositionis Ss. Sacramenti.

Dum exponitur Ss. Sacramentum, cantatur a choro initium hymni l'ange lingua. vel Sequ. Lauda Sion vel stropha O salutáris hóstia.

Interim Sacerdos, exposito Ss. Sacramento et in throno collocato, in plano stans imponit incensum in thuribulum, nihil dicendo et sine benedictione; deinde in intimo gradu genuflexus. Ss. Eucharistiam triplici ductu incensat, facta antea et postea profunda capitis inclinatione.

Si expositio fiat pro diuturniori adoratione, cantatur V. **Panem de cœlo,** cum Responsorio, et a Sacerdote Oratio **Deus, qui nobis.** ut infra.

Ordo Repositionis Ss. Sacramenti.

Finito Officio vel Precibus, dum Sacerdos in intimo Altaris gradu genuflectit, cantatur hymnus:

Tantum ergo.

Interim Sacerdos stans imponit incensum, et genuflexus incensat ut supra. Hymno finito cantatur:

℣. Panem de cœlo præstitísti eis. ℟. Omne delectaméntum in se habéntem.

Temp. pasch. et infra Octav. Corp. Chr. in ℣. et ℟. additur **Allelúja.**

Deinde Sacerdos stans cantat:

Orémus.

Deus, qui nobis sub Sacraménto mirábili, passiónis tuæ memóriam reliquísti: tríbue, quæsumus, ita nos Córporis et Sánguinis tui sacra mystéria venerári; ut redemptiónis tuæ fructum in nobis júgiter sentiámus: Qui vivis et regnas in sæcula sæculórum. ℟. Amen.

Et si non est Festum primæ vel secundæ classis, nec infra Octavam Corp. Christi, omissa conclusione post primam Orationem, addi convenit duas sequentes.

Deus ómnium fidélium pastor et rector, fámulum tuum N. quem pastórem Ecclésiæ tuæ præésse voluísti, propítius réspice: da ei, quæsumus, verbo et exémplo, quibus præest profícere; ut ad vitam, una cum grege sibi crédito, pervéniat sempitérnam.

Deus, refúgium nostrum et virtus: adésto piis Ecclésiæ tuæ précibus, auctor ipse pietátis, et præsta; ut quod fidéliter pétimus, efficáciter consequámur. Per Christum Dóminum nostrum. ℟. Amen.

Cantatis Orationibus, Sacerdos in intimo gradu genuflexus accipit velum humerale. Interim Diaconus ad Altare adscendit et ostensorium e throno depromptum tradit in manus Celebrantis, in supremo Altaris gradu cum Subdiacono genuflexi; et Celebrans surgens et vertens se ad populum dat benedictionem, elevantibus Ministris sacris genuflexis fimbrias pluvialis. Data bene dictione Celebrans collocat ostensorium super Altari, et, facta genuflexione, descendit cum Subdiacono in planum ; ac amoto velo ab humeris Sacerdotis, in intimo Altaris gradu genuflexi m a n e n t, donec Diaconus reposuerit Ss. Sacramentum in tabernaculo. Deficiente vero Diacono, ipse Celebrans d a t a benedictione, illud reponat.

CONCLUSIO SOLEMNIS ORATIONIS

Quadraginta Horarum

JUXTA INSTRUCTIONEM CLEMENTINAM.

Cantantur Litaniæ Omnium Sanctorum, usque ad ℣. **Dómine, exáudi,** inclusive. Deinde Celebrans ponit incensum in duo thuribula, et ter Ss. Sacramento incensato, incipit Processio, in qua omnia peragenda sunt, ut supra p. 53. Finita Processione cantatur per cantores hymnus: **Tantum ergo.** Interim Celebrans incensat ter Ss. Sacramentum ; deinde cantat :

℣. **Panem de cœlo præstitísti eis.** ℞. **Omne delectaméntum in se habéntem.**

Orémus.

Deus, qui nobis sub Sacraménto mirábili, passiónis tuæ memóriam reliquísti: tríbue, quæsumus, ita nos Córporis et Sánguinis tui sacra mystéria venerári, ut redemptiónis tuæ fructum in nobis júgiter sentiámus.

Concéde nos fámulos t u o s, quæsumus Dómine Deus, perpétua mentis et córporis sanitáte gaudére : et gloriósa beátæ Maríæ semper Vírginis intercessióne, a præsénti liberári tristítia, et ætérna pérfrui lætítia.

Loco Orationis **Concéde.** dicitur : ab Adventu usque ad Nativitatem :

Deus, qui de beátæ M a r í æ Vírginis útero Verbum tuum, Angelo nuntiánte, carnem suscípere voluísti: præsta supplícibus tuis; ut qui vere eam genitrícem Dei crédimus, ejus apud te intercessiónibus adjuvémur.

A Nativitate usque ad Purificationem :

Deus, qui salútis ætérnæ, beátæ Maríæ virginitáte fœcúnda, humáno géneri præmia præstitísti: tríbue, quǽsumus; ut ipsam pro nobis intercédere sentiámus, per quam merúimus auctórem vitæ suscípere Dóminum nostrum Jesum Christum Fílium tuum.

Postea:

Omnípotens, sempitérne Deus, miserére fámulo tuo Pontífici nostro N.. et dírige eum secúndum tuam cleméntiam in viam salútis ætérnæ; ut, te donánte, tibi plácita cúpiat, et tota virtúte perfíciat.

Deus, refúgium nostrum, et virtus: adésto piis Ecclésiæ tuæ précibus, auctor ipse pietátis, et præsta; ut quod fidéliter pétimus, efficáciter consequámur.

Omnípotens, sempiterne Deus, in cujus manu sunt ómnium potestátes, et ómnia jura regnórum, réspice in auxílium Christianórum, ut gentes Turcárum et hæreticórum, quæ in sua feritáte et fraude confídunt, déxteræ tuæ poténtia conterántur.

Omnípotens, sempitérne Deus, qui vivórum domináris simul et mortuórum, omniúmque miseréris, quos tuos fide et ópere futúros esse prænóscis: te súpplices exorámus, ut pro quibus effúndere preces decrévimus, quosque vel præsens sǽculum adhuc in carne rétinet, vel futúrum jam exútos córpore suscépit, intercedéntibus ómnibus Sanctis tuis, pietátis tuæ cleméntia ómnium delictórum suórum veniam consequántur. Per Dóminum nostrum Jesum Christum Fílium tuum, qui tecum vivit et regnat in unitáte Spíritus sancti Deus: per ómnia sǽcula sæculórum. ℞. Amen.

℣. Dómine, exaúdi oratiónem meam. ℞. Et clamor meus ad te véniat.

℣. Exaúdiat nos omnípotens et miséricors Dóminus. ℞. Et

custódiat nos semper. Amen.

℣. Fidélium ánimæ per misericórdiam Dei requiéscant in pace. ℞. Amen.

Deinde benedicit populum cum Ss. Sacramento, nil dicens.

RITUS PROCESSIONIS

CUM

SANCTISSIMO SACRAMENTO

AD NORMAM RITUALIS ROMANI.

Celebrans amictu, alba, cingulo, stola, pluviali albi coloris (vel coloris Officio convenientis, si processio fit in fine Missæ aut Vesp.) indutus esse debet; similiter Diaconus et Subdiaconus Dalmatica et Tunicella (sine manipulis). Omnibus paratis Celebrans ponit incensum in duo thuribula absque benedictione, et genuflexus, accepto uno ex duobus thuribulis, ter Ss. Sacramentum incensat, ac deinde velo humerali circumdatur. Postea adscendit in supremum Altaris gradum, ibique genuflexus suscipit Ss. Sacramentum a Diacono sibi porrectum; vel, deficiente Diacono, Celebrans, facta genuflexione, accipit Ss. Sacramentum de Altari, illudque ante faciem tenens vertit se ad populum, et descendit sub baldachinum, comitantibus Diacono et Subdiacono, fimbrias pluvialis elevantibus.

Præcedit acolythus crucem hastatam portans, medius inter duos ministros ceroferarios; sequuntur omnes clerici qui adsunt, superpelliceis induti, cum cereis accensis; immediate ante baldachinum duo ministri, continuo Ss. Sacramentum incensantes. Dum vero Celebrans discedit ab Altari, a choro semper cantandus est hymnus **Pange lingua** et pro longitudine Processionis **Sacris solémniis** vel **Verbum supérnum**; vel **Salútis humánæ sator**; vel **Ætérne Rex altíssime.**

Peracta Processione, et Ss. Sacramento per Diaconum super Altare deposito, et velo humerali remoto, cantatur a choro hymnus: **Tantum ergo Sacraméntum.**

Interim, imposito thure in uno thuribulo, sine benedictione, Ss. Sacramentum triplici ductu incensatur.

Postea cantatur :

℣. Panem de cœlo præstitísti eis. ℞. Omne delectaméntum in se habéntem.

Tempore paschali et infra Octavam Corporis Christi in ℣. et ℞. additur **Allelúja.**

Sacerdos stans cantat :

Orémus.

Deus, qui nobis sub Sacraménto mirábili passiónis tuæ memóriam reliquísti: tríbue, quæsumus, ita nos Córporis et Sánguinis tui sacra mystéria venerári; ut redemptiónis tuæ fructum in nobis júgiter sentiámus: Qui vivis et regnas in sæcula sæculórum. ℞. Amen.

Diebus non solemnibus, omissa conclusione **Qui vivis etc.,** additur :

Deus, qui illúminas omnem hóminem veniéntem in hunc mundum: illúmina, quæsumus, corda nostra grátiæ tuæ splendóre; ut digna ac plácita majestáti tuæ cogitáre semper, et te sincére dilígere valeámus.

Præténde, Dómine, fidélibus tuis déxteram cœléstis auxílii: ut te toto corde perquírant, et quæ digne póstulant, cónsequi mereántur. Per Christum Dóminum nostrum.

℞. Amen.

Deinde Celebrans, accepto velo humerali, facta in suppedaneo genuflexione, accipit de Altari ostensorium, et cum Ss. Sacramento benedicit populum, semel signum crucis faciens, et nihil dicens. Diaconus vero et Subdiaconus in suppedanei ora genuflexi anteriores fimbrias pluvialis elevant. Data benedictione Celebrans, deposito velo humerali, in infimo Altaris gradu genuflexus manet, dum Diaconus Ss. Sacramentum reverenter reponit; deficiente vero Diacono, ipse Celebrans, data benedictione, illud reponat.

Ordo distributionis s. communionis extra missam.

Si distributio fiat extra missam, sacerdos lotis prius totaliter manibus, et superpelliceo ac stola coloris officio illius diei convenientis indutus, ad altare seu tabernaculum accedit capite tecto et manibus ante pectus junctis, nisi, uti decet, ipsemet bursam deferat. Ad altare accedens, genuflectit unico genu; deinde altare ascendit, explicat corporale, aperit tabernaculum, genuflectit, extrahit pyxidem, illam deponit super corporale et discooperit, iterumque genuflectit. Minister genibus flexis ad cornu epistolæ recitat **Confíteor Deo.** Dicta confessione sacerdos iterum genuflectit, si, postquam calicem discooperuerit, infra confessionem ministri aliquantum expectare debuerit: tum manibus junctis se vertit ad populum, dicit **Misereátur**, et alia observat ut supra infra missam, his exceptis, quod pollices et indices non teneat junctos nisi solos dextros, postquam ss. Sacramentum cum iis tetigerit; quod accipiat pyxidem inter sinistrum pollicem et reliquos digitos, et purificatorium inter pyxidem et pollicem sinistrum, ita ut alterutra pars super pollicem pendeat; signans communicantes, sinistram ex parte palmæ super pectus ponit, et genuflectens manus deponat extra corporale, præterquam post distributionem ante ablutionem digitorum.

Omnibus communicatis, revertitur ad altare aut tabernaculum, et pyxide super corporale deposita, genuflectit. Erectus inspicit pollicem et indicem dextræ manus, particulas si adhæreant, in pyxidem mittit, et licet nullas particulas advertat, equidem pollicem et indicem super pyxidem extergit; deinde eos abluit in vase præparato, purificatorio abstergit, ac pyxidem cooperit. Reversus ad altare, sed non prius, dum interim digitos extergit, abluit, etc. vel ad majorem attentionem forte potius pyxide clausa et manibus junctis, alta voce dicere potest antiph.

O sacrum convívium in quo Christus súmitur, recólitur memória passiónis eius: mens implétur grátia: et futúræ glóriæ nobis pignus datur.

℣. Panem de cœlo præstítisti eis.

℞. Omnem delectaméntum in se habéntem.

Cui tempore paschali additur **Alleluia.**

℣. Dómine exáudi oratiónem meam.

℟. Et clamor meus ad te véniat.

℣. Dóminus vobíscum.

℟. Et cum spíritu tuo.

Orémus.

Deus, qui nobis sub Sacramento mirábili passiónis tuæ memóriam reliquísti: tríbue, quǽsumus, ita nos Córporis et Sánguinis tui sacra mystéria venerári, ut redemptiónis tuæ fructum in nobis júgiter sentiámus: Qui vivis et regnas cum Deo Patre in unitáte Spíritus Sancti Deus, per omnia etc.

Tempore autem paschali dicitur oratio:

Spíritum nobis, Dómine, tuæ charitátis infúnde: ut quos Sacraméntis paschálibus satiásti, tua fácias pietáte concórdes. Per Ch. Dom. nostrum.

Pyxide igitur cooperta, et his precibus dictis vel omissis, genuflectit, et sinistra super altare posita, dextra pyxidem in tabernaculum collocat; iterumque genuflectit, et erectus claudit tabernaculum. Deinde in medio altaris vertit se ad communicatos, et manu dextra iis benedicit, alta voce dicens:

Benedíctio Dei omnipoténtis, Patris, et Fílii, et Spíritus Sancti descéndat super vos et maneat semper. Amen.

Quibus dictis revertitur ad altare, plicat corporale et in bursam immittit; deinde cum debitis reverentiis descendit ab altari et discedit.

DE
SACRAMENTO MATRIMONII.

RITUS CELEBRANDI MATRIMONII SACRAMENTUM.

Sacerdos matrimonium celebraturus, publicationibus factis tribus diebus Festis, si nullum obstet legitimum impedimentum, in Ecclesia superpelliceo et alba stola indutus, adhibito uno saltem Clerico superpelliceo pariter induto, qui librum et vas aquæ benedictæ cum aspersorio deferat, coram tribus aut duobus testibus, virum et mulierem, quos parentum vel propinquorum suorum præsentia cohonestari decet, de consensu in matrimonium interroget, utrumque singillatim in hunc modum, vulgari sermone:

N., vis accípere N. hic præséntem in tuam legítimam uxórem, juxta ritum sanctæ Matris Ecclésiæ?

Respondeat sponsus:

Volo.

Mox Sacerdos sponsam interroget.:

N., vis accípere N. hic præséntem in tuum legítimum maritum, juxta ritum sanctæ Matris Ecclésiæ?

Respondeat sponsa:

Volo.

Anglice:

Q. N., wilt thou take N. here present for thy lawful wife, according to the rite of our holy Mother the Church? A. I will.

Q. N., wilt thou take N. here present for thy lawful husband, according to the rite of our holy Mother the Church? A. I will.

Gallice:

D. N., voulez-vous prendre N., qui est ici présente, pour votre légitime épouse, suivant le rite de notre mère la sainte Eglise? R. Oui, je le veux.

D. Et vous, N., voulez-vous prendre N., qui est ici présent, pour votre légitime époux, suivant le rite de notre mère la sainte Eglise? R. Oui, je le veux.

Germanice:

F. N., Wollen Sie diese hier gegenwärtige N. nach dem Gebrauche der heiligen katholischen Kirche, unserer Mutter, zu Ihrem rechtmäßigen Weibe nehmen? A. Ich will.

F. N., Wollen Sie biesen hier gegenwärtigen N. nach dem Gebrauche der heiligen katholischen Kirche, unserer Mutter, zu Ihrem rechtmäßigen Manne nehmen? A. Ich will.

Nec sufficit consensus unius; sed debet esse amborum, et expressus aliquo signo sensibili, sive fiat per se, sive per procuratorem. Mutuo igitur contrahentium consensu intellecto, Sacerdos jubeat eos invicem jungere dexteras:

Tunc primum sponsus, deinde sponsa clara voce sibi invicem fidem dant hisce verbis:

I, N. N. take thee N. N. for my lawful wife (husband), to have and to hold from this day forward, for better for worse, for richer for poorer, in sickness and in health, till death do us part.

Gallice:

Je vous prends pour ma femme (mon Mari) N., et ma légitime Epouse (mon légitime Epoux), et je vous jure que je vous serai fidèle Mari (Epouse), et que je vous assisterai de tout mon pouvoir en toutes vos nécessités, tant qu'il plaira à Dieu de nous laisser ensemble.

Germanice:

Ich N. N. nehme Dich N. N. mir zu einer ehelichen Gat-

tin (Gatten) und gelobe Dir an, die eheliche Treue zu bewahren, Dich nimmermehr zu verlassen, es sei in Kreuz, in Krankheit und allerlei Widerwärtigkeit bis an mein letztes Ende; dazu helfe mir Gott, die heilige Mutter Gottes und alle lieben Heiligen. Amen.

Deinde Sacerdos dicit

Ego conjúngo vos in matrimónium, In nómine Patris ✝, et Fílii, et Spíritus sancti. Amen.

Vel aliis utatur verbis juxta receptum uniuscujusque Provinciae ritum; postea eos aspergat aqua benedicta. Mox benedicat annulum.

Matrimonia Catholicorum cum Acatholicis non sunt benedicenda: plures enim summi Pontifices, praesertim Clemens VIII., expresse prohibuerunt ne hujusmodi connubiis sacerdotalis benedictio impendatur. Hinc concilium Baltimorense Provinciale IV., in Decreto primo sic habet: "Meminerint Sacerdotes pluribus SS. Pontificum decretis vetari ne ullus sacer ritus fiat, vel vestis sacra adhibeatur, dum foedera hujusmodi ineuntur, quae neque intra ecclesiam ineunda sunt." Denique, S. Congregatio de Propaganda Fide, die 3 Julii 1847, ad Patres Concilii Baltim. Provincialis VI. rescripsit matrimonia mixta nullo adhibito religioso ritu celebrari oportere.

℣. Adjutórium nostrum in nómine Dómini.

℟. Qui fecit cœlum et terram.

℣. Dómine, exaúdi oratiónem meam.

℟. Et clamor meus ad te véniat.

℣. Dóminus vobíscum.

℟. Et cum spíritu tuo.

Orémus.

Benedíc + Dómine ánnulum hunc, quem nos in tuo nómine benedícimus +, ut quæ eum gestaverit, fidelitátem integram suo sponso tenens, in pace, et voluntáte tua permáneat, atque in mútua charitáte semper vivat. Per Christum Dóminum nostrum. ℟. Amen.

Deinde Sacerdos aspergat annulum benedicta aqua in crucis, et sponsus ei qui annulum tenet, Sacerdotis imponit in digito annulari sinistrae manus, ipsa dicens:

With this ring I thee

wed, and I plight unto thee my troth.

Gallice:

Mon Epouse, je vous donne cet Anneau en signe de Mariage.

Germanice:

Mit biefem Ringe eheliche ich dich und gelobe dir meine Treue.

Tunc Sacerdos dicit:

In nómine Patris +. et Fílii, et Spíritus sancti. Amen. Mox subjungat:

℣. Confírma hoc, Deus, quod operátus es in nobis.

℟. A templo sancto tuo, quod est in Jerúsalem.

Kýrie eléison.
Christe eléison.
Kýrie eléison.
Pater noster, secreto.

℣. Et ne nos indúcas in tentatiónem.

℟. Sed libera nos a malo.

℣. Salvos fac servos tuos.

℟. Deus meus sperántes in te.

℣. Mitte eis Dómine auxílium de sancto.

℟. **Et de Sion tuére eos.**

℣. **Esto eis Dómine turris fortitúdinis.**

℟. **A facie inimíci.**

℣. **Dómine, exaúdi oratiónem meam.**

℟. **Et clamor meus ad te véniat.**

℣. **Dóminus vobíscum.**

℟. **Et cum spíritu tuo.**

Orémus.

Réspice, quæsumus Dómine, super hos fãmulos tuos, et institútis tuis, quibus propagatiónem humáni géneris ordinásti, benígnus assiste : ut qui te auctóre junguntur, te auxiliánte servéntur. Per Christum Dóminum nostrum. ℟. Amen.

His expletis, si benedicendæ sint nuptiæ, Parochus Missam pro sponso et sponsa, ut in Missali Romano, celebret juxta sequentia decreta, servatis omnibus quæ ibi præscribuntur.

In celebratione nuptiarum, etiamsi fiat Officium de festo duplici per annum, sive majori, sive minori, dicenda est Missa pro sponso, et sponsa, in fine Missalis post alias Missas votivas specialiter assignata. In diebus vero Dominicis, aliisque festis de præcepto, ac duplicibus primæ vel secundæ classis (et in diebus in quibus, juxta rubricas, fieri nequit festum duplex 2 classis) Missa de Dominica vel de festo diei debet cum commemoratione Missæ pro sponso et sponsa (sub distincta conclusione, vel post alias commemorationes de præcepto).

Missa pro sponso et sponsa est votiva privata, proindeque semper legenda sine Gloria in excelsis, et sine Credo, cum tribus Orationibus, prima videlicet ejusdem Missæ votivæ propria, secunda et tertia diei currentis ; Præfatione de Missa diei si habeatur propria, sin minus communi; Benedicamus Dno in fine, et ultimo Evangelio S. Joannis. (S. R. C. 20 Dec. 1783, 28 Febr., 1818 et 20 April, 1822.)

Hæc Missa pro devotione celebrari etiam potest cum cantu et solemnitate, servato tamen ritu qui eidem Missæ convenit.

Benedictio Nuptialis, quæ, assignatur in Missa pro sponso et sponsa, non est impertienda nisi in Missa. (S. R. C. 23 Junii, 1853.)

Si mulier est vidua, non solum debet omitti benedictio nuptiarum, sed etiam Missa propria pro sponso et sponsa. (S. R. C. die 3 Martii 1761.)

Attamen annuli benedictio in secundis nuptiis non est omittenda. (S. R. C. die 27 Augusti 1836.)

Dicto **Pater noster,** Sacerdos antequam dicat, **Libera nos, quæsumus,** stans in cornu Epistolæ versus sponsum et sponsam ante altare genuflexos, dicit super eos seq. Orationes.

Orémus.

Propítiare, Dómine, supplicatiónibus nostris, et institútis tuis, quibus propagatiónem humani géneris ordinásti, benígnus assíste: ut quod, te auctóre, júngitur, te auxiliánte, servétur. Per Dóminum.

Orémus.

Deus, qui potestáte virtútis tuæ de níhilo cuncta fecísti: qui dispósitis universitátis exórdiis, hómini ad imáginem Dei facto, ídeo inseparábile muliéris adjutórium condidísti, ut femíneo córpore di viríli dares carne princípium, docens quod ex uno placuisset instítui, numquam licére disjúngi: Deus, qui tam excellénti mystério conjugálem cópulam consecrásti, ut

Christi et Ecclésiæ sacraméntum præsignáres in fœdere nuptiárum: Deus per quem múlier júngitur viro, et socíetas principáliter ordináta, ea benedictióne donátur, quæ sola nec per originális peccáti pœnam, nec per dilúvii est abláta senténtiam: réspice propítius super hanc fámulam tuam, quæ maritáli jungénda consórtio, tua se éxpetit protectióne muniri: sit in ea jugum dilectiónis et pacis: fidélis et casta nubat in Christo, imitatríxque sanctárum permáneat fœminárum: sit amábilis viro suo, ut Rachel: sápiens, ut Rebecca: longǽva et fidélis, ut Sara: nihil in ea ex áctibus suis ille auctor prævaricatiónis usúrpet: nexa fídei, mandatísque permáneat: uni thoro juncta, contactus illícitos fúgiat: múniat infirmitátem suam róbore disciplínæ: sit verecúndia gravis, pudóre venerábilis, doctrínis cœléstibus erudíta : sit fœcúnda in sóbole, sit probáta et ínnocens : et ad beatórum réquiem, atque ad cœléstia regna pervéniat : et vídeant ambo fílios filiórum suórum usque in tértiam et quartam generatiónem, et ad optátam pervéniant senectútem. Per eúmdem Dóminum.

Tunc Sacerdos reversus ad medium altaris dicit **Líbera nos,** et reliqua more solito : et postquam sumpserit Sanguinem, communicet, Sponsos, et prosequatur Missam.

Dicto **Benedicámus Dómino,** vel, si Missæ illius diei conveniat, **Ite Missa est,** Sacerdos antequam populo benedicat, conversus ad Sponsum et Sponsam, dicat :

Deus Abraham, Deus Isaac, et Deus Jacob sit vobíscum : et ipse adímpleat benedictiónem suam in vobis : ut videátis fílios filiórum vestrórum usque ad tértiam et quartam generatiónem ; et póstea vitam ætérnam habeátis sine

fine, adjuvánte Dño nostro Jesu Christo, qui cum Patre, et Spíritu sancto vivit et regnat Deus, per ómnia sǽcula sæculórum. ℞. Amen.

Moneat eos Sacerdos sermone gravi ut abstineant se ... die ... tribus ... per. et prosequatur ... um ac solemnitia ... est ... et cum uxore ... virum diligat ... timore Dei permi ... ... erga ... et Deo **Pláceat tibi,** ... benedictionem : et ... ... est, ... ang. ... **In princípio.**

Anrede an die Brautleute vor der Kopulation.

Chriſtliche Brautleute!—So ſeid Ihr nun nach mehreren Tagen reiflicher Ueberlegung heute in das Haus Gottes gekommen, um Euch hier an den Stufen des Altars im heiligen Ehebande zu vereinigen. Von dieſer heiligen Verbindung ſagt der Apoſtel: „Dieſes iſt ein großes Sakrament, ich ſage aber in Chriſto und in der Kirche.“ Dies bedeutet, daß der Bräutigam und die Braut in dem hl. Sakramente der Ehe ſich ſo mit einander vereinigen, um in jener Liebe und Aufopferung mit einander zu leben, wie Christus lebt mit der Kirche. Seid fest überzeugt, — nur so wird Eure Ehe eine glückliche sein und zeitlichen und ewigen Segen auf Euch herabbringen. — O, was für eine wichtige Stunde ist die gegenwärtige für Euch! — Noch ein Augenblick, — und Ihr reicht Euch einander zum ersten Male die Hände als Mann und Weib. Dann seid Ihr verbunden, bis der Tod Euch trennt. Ihr geht dann Hand in Hand durch dieses irdische Leben. Alle Trübsale und Leiden sollt Ihr mit einander tragen. Das Leben sollt Ihr einander nicht zu verbittern, sondern zu versüßen suchen. Ihr sollt einander nie Anlaß zur Sünde werden, sondern gegenseitig einander behilflich sein in der Rettung Eurer unsterblichen Seelen. Dann sollt Ihr mit einander den zeitlichen Wohlstand Eurer Nachkommenschaft, womit der Herr Eure Ehe segnen wird, nach Kräften zu befördern und die ewige Glückseligkeit derselben zu begründen suchen. Welche Verantwortlichkeit ist es nicht also, welcher Ihr Euch heute unterzieht! — In diesem allerwichtigsten Augenblicke Eures Lebens erhebet nun Herz und Seele zum ewigen Vater mit der innigsten und demüthigsten Bitte, daß Er Euren Ehebund segnen möge. Betet, daß die Segensworte der hl. Kirche, welche heute der Priester über Euch ausspricht, nicht leer verhallen, sondern für Euch jene Fülle der Gnaden erlangen, um welche sie flehen. (* Möge das heilige Opfer, welches heute für Euch dargebracht wird, Euch eine Segensquelle für Euer ganzes Leben im hl. Ehestande sein!) Mögen auch Eure hier gegenwärtigen Freunde, welche mit Euch gekommen sind, um bei Abschließung Eures Ehebundes Zeuge zu sein, für Euch zu Gott flehen um Gnade und Erbarmen für Euer ganzes zukünftiges Leben. Dieses nun seien die heiligen Gesinnungen, mit welchen Ihr dieses heilige und überaus wichtige Sakrament empfangen sollt. — Wohlan! seid Ihr also entschlossen, in Christo und in der Kirche diesen wichtigen Schritt zu vollziehen und den hl. Ehebund mit einander zu schließen, so antwortet mir auf folgende Fragen:

N. Willst Du ꝛc.

* Dieser Satz bleibt aus, wenn die Kopulation ohne Messe geschieht.

Anrede an die Brautleute nach der Kopulation oder vor dem letzten Segen.

So seid Ihr also mit einander verbunden nicht durch einen bloßen gegenseitigen Kontrakt, sondern durch das heilige, sakramentalische Band der Ehe. Ihr seid verbunden nicht von der Hand eines Menschen, sondern von der Hand des allmächtigen Gottes. Ihr seid verbunden unzertrennbar, bis der Tod Euch wieder scheidet. Doch auch der Tod soll Euch nicht wieder trennen. Dort in der Ewigkeit sollt Ihr Euch wieder finden und Euch mit einander einer ewigen Glückseligkeit erfreuen. Ihr habt heute in feierlicher Weise die Pflichten des Ehestandes auf Euch genommen. Zurücktreten ist in diesem Augenblicke schon nicht mehr möglich. So geht nun hin und betretet muthig den Pfad des ehelichen Lebens! Der Herr sei Eure Hilfe und Eure Stütze! Auf Ihn setzet stets Euer Vertrauen. Beobachtet aber auch Sein heiliges Gebot, besonders jenes, welches eingesetzt ist, um die Heiligkeit des Ehestandes zu bewahren. Jesus Christus, den Ihr im allerheiligsten Sakramente soeben empfangen, geht Selbst mit Euch nach Hause, um, wie einstens zu Kana, mit Euch die Hochzeit zu feiern. Seine heilige Mutter Maria, Eure lieben Schutzengel sind in Eurer Begleitung. Darum gebet gut Acht, daß die Hölle auf Eurer Hochzeit nicht ihr Spiel treibe und Euch den erhaltenen Segen schon am ersten Tage verscheuche. (* Bevor Ihr jedoch die Stufen des Altares verlasset, empfanget noch den prie-sterlichen Segen.) Möge Euch jetzt die Allerheiligste Dreifaltigkeit Ihren heiligen Segen ertheilen, und möge derselbe niemals von Euch weichen, sondern Euch bei allen Schritten Eures zukünftigen Lebens begleiten, bis Ihr heimkehrt zu Eurem Schöpfer und Vater, um die für Euch bereitete Herrlichkeit im Himmel zu genießen in alle Ewigkeit. Amen.

(Placeat. . Benedicat vos.)

* Dieser Satz bleibt aus, wenn die Kopulation ohne Messe geschieht.

Exhortation before Marriage.

MY dear friends, you are about to enter upon a union, of which God Himself is the author, and which our Divine Saviour has consecrated in a special manner, giving to it a character of sanctity which places it among the holiest institutions of religion. He knew full well the dangers by which we are surrounded, and the weakness of our nature, which requires a continual encouragement to the discharge of the duties that have been imposed on us. For this reason, He has annexed to the worthy reception of this sacrament peculiar graces which dispose the married couple to respect the sacred engagement which they have formed, and enable them to surmount the various obstacles and difficulties they may meet with in the discharge of the duties of life. The present occasion, then, is one of great interest to you both ; nor can you view it in any other light than as a most important era in your lives, and most intimately connected with your temporal and eternal welfare. Alas ! it but too often happens that the minister of God extends a trembling hand in the performance of the nuptial ceremony. The scene, it is true, is one of joyous festivity; but how frequently is the blessing which the Priest imparts rendered null by the invisible maledictions of Him who penetrates the inmost recesses of the heart ! How frequently, amid the rejoicings of the world, is the storm of tribulation already gathering over the heads of those who come to this holy alliance with unworthy dispositions ! How different, we hope, are your prospects ! We have every reason to believe that your anticipations of happiness in this holy state are founded on a solid basis ; that you have duly prepared yourselves for this important event, and that your hearts are such, in the sight of God, as to draw down upon you His especial favor and blessing.

With confidence, then, in the promises of our Blessed Saviour, who condescended to honor, with His divine presence, the happy nuptials of Cana, we invite Him to come and preside on this occasion also ; to bless the contract you are about to enter into, and to render it, by His grace, a true emblem of that sacred union which exists between Him and His church ; a union of sentiment and action, founded in virtue and the love of God, a union not only for time, but for eternity.

After the Marriage Ceremony.

HAVING been united in the holy bands of marriage, give thanks to the Almighty for the favors which He has bestowed upon you. The graces which you have received have been granted for the purpose of animating you in the discharge of the obligations which the marriage life imposes, and which are beautifully expressed in these words of the Apostle: "Let women be subject to their husbands, as to the Lord; for the husband is the head of the wife, as Christ is the head of the Church...... Therefore, as the Church is subject to Christ, so also let the wives be to their husbands in all things. Husbands, love your wives, as Christ also loved the Church, and delivered Himself up for it, that He might sanctify it, cleansing it by the laver of water in the word of life...... So also ought men to love their wives as their own bodies." Ever mindful of these duties which you owe to each other, and to those with whose welfare you may be especially charged, cherish with solicitude the grace that has this day been conferred upon you; it will direct you in every difficulty; it will comfort you in the hour of trial; it will be a continual source of peace, of joy, of mutual affection on earth, and a pledge of your eternal and perfect union in heaven.

RITUS ABSOLUTIONIS

IN EXSEQUIIS ABSENTE CORPORE DEFUNCTI ET IN DIE 3. 7. 30. ET ANNIVERSARIO— EX RITUALI ROMANO.

Post Missam, Celebrans deponit manipulum et planetam, accipit pluviale nigri coloris, et praecedentibus Subdiacono cum Cruce, et Clero, et duobus Ceroferariis cum urceolaribus accensis, et duobus Acolythis, uno cum navicula incensi et thuribula, et altero cum vasculo aquae benedictae et adspersorio, et hoc libro, accedit cum Diacono a sinistris ad locum tumuli, et ibi a circumstante Clero cantatur:

℟. Líbera me Dómine de morte ætérna, in die illa treménda: Quando cœli movéndi sunt, et terra: Dum véneris judicáre sǽculum per ignem.

℣. Trémens factus sum ego, et tímeo, dum discússio vénerit, atque ventúra ira. Quando coeli movéndi sunt et terra.

℣. Dies illa, dies iræ, calamitátis, et misériæ : dies magna, et amára valde. Dum véneris judicáre sǽculum per ignem.

℣. Réquiem ætérnam dona ei Dómine: et lux perpétua lúceat ei.

℟ Líbera me Dómine, de morte ætérna, in die illa treménda: Quando coeli movéndi sunt, et terra : Dum véneris judicáre sǽculum per ignem.

Finito ℟., Chorus cantat

Kýrie eléison. Christe eléison. Kýrie eléison. Pater noster.

Quod secrete complet.

℣. Et ne nos indúcas in tentatiónem.

℟. Sed líbera nos a malo.

℣. A porta ínferi.

℟. Erue Dómine ánimam ejus.

℣. Requiéscat in pace.

℟. Amen.

℣. Dómine exaúdi oratiónem meam.

℟ Et clamor meus ad te véniat.

℣. Dóminus vobíscum.

℟. Et cum spíritu tuo.

Orémus.

Absólve, quǽsumus, Dómine, ánimam fámuli tui N. (vel fámulæ tuæ N) ut defúnctus (vel defúncta) sǽculo tibi vivat : et quæ per fragilitátem carnis humána conversatióne commísit, tu vénia misericordíssimæ pietátis abstérge. Per Christum Dñm. nostrum. ℟. Amen.

Asperges me et Vidi aquam.

Aspérges me Dómine hyssópo, et mundábor: lavábis me, et super nivem dealbábor.

1 v. Ps. Miserére mei Deus secúndum magnam misericórdiam tuam.

Glória Patri, et Fílio, et Spirítui Sancto. Sicut erat in princípio, et nunc et semper; et in sǽcula sæculórum. Amen.

Vidi aquam, egrediéntem de templo a látere dextro, allelúia, allelúia, et omnes ad quos prevénit aqua ista salvi facti sunt et dicent, allelúia, allelúia.

1 v. Ps. Confitémini Dómino, quóniam bonus; quóniam in sæculum misericórdia eius.

Glória etc.

Sicut erat etc. Amen.

℣. Osténde nobis Dómine misericórdiam tuam (T. P. Allelúia).

℟. Et salutáre tuum da nobis (T. P. Allelúia).

℣. Dómine exaúdi oratiónem meam.

℟. Et clamor meus ad te véniat.

℣. Dóminus vobíscum.

℟. Et cum Spíritu tuo.

Orémus.

Exaúdi nos, Dómine sancte, Pater omnípotens, ætérne Deus: et mittere, dignéris, sanctum ángelum tuum de cœlis, qui custódiat, fóveat, protegat, visitet, atque deféndat omnes habitántes in hoc habitáculo.

Per Christum Dóminum nostrum. Amen.

Preces jussu Papæ Leonis XIII.

IN OMNIBUS ORBIS ECCLESIIS POST PRIVATÆ MISSÆ CELEBRATIONEM FLEXIS GENIBUS RECITANDÆ.

Sacerdos ter dicat cum populo:

Ave María.

Deinde:

Salve Regína, Mater misericórdiæ, vita, dulcédo, et spes nostra, salve. Ad te clamámus éxsules, fílii Hevæ. Ad te suspirámus geméntes et flentes in hac lacrymárum valle. Eia ergo, advocáta nostra, illos tuos misericórdes óculos ad nos convérte. Et Jesum benedíctum fructum ventris tui, nobis post hoc exsílium osténde. O clemens, o pia, o dulcis Virgo María.

℣. Ora pro nobis, sancta Dei Génitrix.
℟. Ut digni efficiámur promissiónibus Christi.

Orémus.

Deus, refúgium nostrum et virtus, pópulum ad te clamántem propítius réspice; et intercedénte gloriósa et immaculáta Vírgine Dei Genitríce María cum beáto Josépho Ejus Sponso, ac beátis Apóstolis tuis Petro et Paulo et omnibus Sanctis, quas pro conversióne peccatórum, pro libertáte et exaltatióne sanctæ Matris Ecclésiæ, preces effúndimus, miséricors et benígnus exáudi. Per Christum Dóminum nostrum. Amen.

Addatur invocatio:

Sancte Míchael Archángele, defénde nos in prælio; contra nequítiam et insídias diáboli esto præsídium.—*Imperet* illi *Deus;* súpplices deprecámur : tuque, Princeps milítiæ cœléstis, Sátanam aliósque spíritus malígnos, qui ad perditiónem animárum pervagántur in mundo, divína virtúte in inférnum detrúde. Amen.

Sanctissimus Dominus Noster Leo PP. XIII. omnibus preces, ut supra, recitantibus tercentum dierum Indulgentiam largitur.

PRAYERS TO BE SAID AFTER MASS.

HIS HOLINESS POPE LEO XIII.

By a Decree, ordered the following prayers to be said at the end of every low Mass:

THREE "HAIL MARYS."

Hail Mary, full of grace! The Lord is with thee. Blessed art thou among women, and blessed is the fruit of thy womb, Jesus.

Holy Mary, Mother of God, pray for us sinners, now, and at the hour of our death. Amen.

SALVE REGINA.

Hail! O Queen, Mother of Mercy; hail our life, our sweetness, and our hope! We, the exiled children of Eve, cry unto thee. To thee do we send up our sighs, mourning and weeping in this vale of tears. Come then, our advocate, and turn towards us those thy merciful eyes. And after this our exile show unto us Jesus, the blessed fruit of thy womb. O clement, O pious, O sweet Virgin Mary.

℣. Pray for us, O holy Mother of God.

℟. That we may be made worthy of the promises of Christ.

LET US PRAY.

O God, our refuge and our strength, look down with favor upon a people crying unto Thee; and through the intercession of the glorious and immaculate Virgin Mary, Mother of God, of blessed Joseph her Spouse, of thy blessed Apostles Peter and Paul and all the Saints, in mercy and kindness hear the prayers which we pour forth for the conversion of sinners and for the liberty and exaltation of holy Mother the Church. Through Christ our Lord. Amen.

Holy Michael, Archangel, defend us in battle; be our protection against the wickedness and snares of the devil. That God may command him, we do supplicate: and do thou, O Prince of the heavenly host, by the power of God thrust down into hell Satan and the other evil spirits, who prowl through the world for the perdition of souls. Amen. (300 days Indulgence.)

Gebete nach der hl. Messe zu verrichten.

Se. Heiligkeit Papst Leo XIII.

hat durch Decret angeordnet daß künftig in a l l e n Kirchen des katholischen Erdkreises die nachstehenden Gebete, bereichert durch einen Ablaß von 300 Tagen, am Schlusse jeder stillen Messe knieend gebetet werden.

Gegrüßt seist Du Maria. Dreimal.

Salve Regina:—Gegrüßt seist Du, Königin, Mutter der Barmherzigkeit, unser Leben, unsere Süßigkeit und unsere Hoffnung, sei gegrüßt. Zu Dir rufen wir elende Kinder Evas, zu Dir seufzen wir Weinende und Trauernde in diesem Thale der Zähren.

Wohlan denn, unsere Fürsprecherin, wende Deine barmherzigen Augen zu uns, und nach diesem Elende zeige uns Jesum, die gebenedeite Frucht Deines Leibes. O gütige, o milde, o süße Jungfrau Maria.

℣. Bitte für uns, o heilige Gottesgebärerin.

℟. Auf daß wir würdig werden der Verheißungen Christi.

Lasset uns beten!—O Gott, unsere Zuflucht und Kraft, blicke gnädig herab auf Dein Volk, welches zu Dir ruft, und durch die Fürbitte der glorreichen und unbefleckten Jungfrau, der Gottesmutter Maria, nebst dem hl. Joseph, ihrem Gemahl, und Deinen hl. Aposteln Petrus und Paulus, und allen Heiligen, erhöre barmherzig und gnädig die Gebete, welche wir für die Bekehrung der Sünder, für die Freiheit und Erhöhung der hl. Kirche, unserer Mutter, verrichten. Durch Christum unsern Herrn. Amen.

Heiliger Erzengel Michael, vertheidige uns im Kampfe, sei unser Schutz gegen die Bosheit und die Nachstellungen des Teufels. Weise ihn zurück, o Gott! wir bitten dich demüthigst: und du, Fürst der himmlischen Heerschaaren, schleudere durch die Kraft Gottes in den Abgrund, Satan und die bösen Geister, welche zum Verderben der Seelen in der Welt unherschleichen. Amen. (300 Tage Ablaß.)

HIS HOLINESS POPE LEO XIII,

By a Decree, ordered the following prayer to be said after the recitation of the Rosary, during the month of October, and recommended also for the month of March.

Prayer to St. Joseph.

TO thee O Blessed Joseph, do we fly in our tribulation, and after imploring the help of thy Most Holy Spouse, we ask confidently for thy protection. We beseech thee by that affection which united thee with the Immaculate Mother of God and by the paternal love with which thou hast encircled the Child Jesus, and suppliant we pray that thou mayest regard with benignant eye the heritage which Jesus Christ has won by His blood, and that thou mayest aid us in our necessities by thy power and help.

Protect, O Most Provident Guardian of the Divine Family, the elect race of Jesus Christ; banish from us, O most loving Father, all plague of error and corruption; do thou, our strongest support, assist us from the height of heaven with thy efficacious help in this struggle with the powers of darkness, and, as formerly thou didst rescue the Child Jesus from the greatest danger to His life; so now defend the Holy Church of God from the treachery of her enemies and from all adversity and cover each one of us with thy lasting protection, so that following thy example and supported by thy help, we may be able to live holily, die piously, and obtain eternal happiness in Heaven. Amen! (Indulgence seven years and seven quarantines.)

Gebet zum Hl. Joseph.

Zu Dir, o Hl. Joseph, fliehen wir in unserer Noth. Nachdem wir Deine heiligste Braut um Hilfe angefleht haben, bitten wir auch voll Vertrauen um Deinen Schutz. Um der Liebe willen, welche Dich mit der unbefleckten Jungfrau und Gottesgebärerin verband, und um der väterlichen Liebe willen, mit der Du das Jesuskind umarmt hast, bitten wir Dich flehentlich, Du wollest das Erbe, welches Jesus Christus mit seinem Blute erkauft hat, gnädig ansehen und unserer Noth mit Deiner Macht zu Hilfe kommen.

O fürsorglicher Beschützer der hl. Familie, wache über die auserwählte Nachkommenschaft Jesu Christi; halte fern von uns, o geliebter Vater, jede Ansteckung des Irrthums und der Verderbniß. Stehe uns vom Himmel aus gnädig bei, Du unser starker Beschützer im Kampfe mit den Mächten der Finsterniß, und wie Du ehedem das Jesukind aus der höchsten Lebensgefahr errettet hast, so vertheidige jetzt die hl. Kirche Gottes gegen alle Nachstellungen der Feinde und nimm uns alle unter Deinen beständigen Schutz, damit wir nach Deinem Beispiele und mit Deiner Hilfe heilig leben, selig sterben und im Himmel die ewige Seligkeit erlangen mögen. Amen! (Ablaß von 7 Jahren und 7 Quadregenen.)

(Cum approbatione Reverendissimi Archiepiscopi, D.D., Ordinarii Milwauchiensis.)

INDEX.

www.ingramcontent.com/pod-product-compliance
Lightning Source LLC
Chambersburg PA
CBHW032353020726
47499CB00008B/2722